Prince of genius rise worst kingdom ~YES,treason it will
鳥羽 徹
Toru Toba
Illust
ファルま
Falu
売国しよう
そうた
天才王子の
赤字国家
再生術

（なるほど、この懐の深さは本物ね……）
帝国大使
フィシュ・ブランデル

ナトラ王太子
ウェイン・サレマ・アルバレスト
「この一戦で証明せよ！
我らが北方に座す竜であると!!」

トンズラ
えええ!!」

補佐官
ニニム
『またそんなこと言って……』
「国売って
してええ

（遠征中に贅沢だけど……
女として少しだけ甘えさせて
もらうわよ、ウェイン）

CONTENTS

Prince of genius rise worst kingdom

YES,treason it will do

天才王子の赤字国家再生術
～そうだ、売国しよう～

鳥羽徹

GA文庫

カバー・口絵・本文イラスト
ファルまろ

第一章　その名はウェイン・サレマ・アルバレスト

ナトラ王国、王宮。

その石造りの回廊《かいろう》を、二人の男が歩いている。

男たちは身なりのよい出《い》で立ちだ。歩く仕草《しぐさ》からも品位を感じられる。

それもそのはず、二人はこのナトラ王国において、長らく国王に仕えてきた家臣であった。

片や文官、片や武官。その能力を奮《ふる》う場所こそ違えど、同時期に家臣として登用された二人は馬が合い、時折こうして王宮で顔を合わせて話に花を咲かせる間柄だった。

しかし今、久しく会っていなかった親友と歩いているにも拘《かか》わらず、二人の表情は沈痛だ。

その理由が共通していることを、二人は知っていた。

「陛下《へいか》の病状……やはり芳《かんば》しくないようだ」

文官の男が、重い声音《こわね》で呟《つぶや》いた。

武官の男は固く瞼《まぶた》を閉じ、息を吐《は》く。

「ここ数年、大陸全土で気候が荒れたからな。生来《せいらい》お体が弱い陛下には負担が大きかったか……」

「天の機嫌とは厄介《やっかい》なものだ。我が国以外でも、要人が倒れ混乱が起きているところは少なくない」

「帝国の皇帝《こうてい》までも倒れたという話だからな。おかげで向こうの宮廷は、権謀術数《けんぼうじゅっすう》渦巻く悪鬼《あっき》の巣窟《そうくつ》となっていると聞く」

　文官の男が鼻を鳴らした。

「皇帝はそのカリスマ性で帝国を牽引《けんいん》していたようだが、強い光ほど消えた時の闇《やみ》は深まる。まして後継者も指名していなかったとなればな」

「我が国と似たような状況か。だが帝国と違い、我らに希望があるとすれば――」

　その時、回廊の向こう側に人が現れた。

　二人はそれが誰《だれ》かを認めるや否《いな》や、すぐさま道を譲り敬礼の姿勢を取る。彼らがこの宮殿において道を譲り礼をする相手は、僅《わず》かしかいない。

「「おはようございます、ウェイン殿下《でんか》」」

　二人が揃《そろ》って礼を送る先に立つのは、従者を連れた一人の少年。

　ナトラ王国王子、ウェイン・サレマ・アルバレストである。

「ああ、おはよう」

　齢《よわい》にして十六。まだ少年と言って差し支えない人物だ。

　されどつい先日、彼は摂政《せっしょう》の座についた。倒れた王に代わり、政務を執《と》り行うためである。

「どうした二人とも、暗い顔だな。……父上のことか?」

ウェインの問いかけに二人は恭《うやうや》しく答えた。

「はっ、ご明察の通りです」

「申し訳ありません。陛下のご容体《ようだい》が芳しくないと聞き……」

そうか、とウェインは小さく呟《つぶや》くと、二人の肩に手を置いた。

「案ずるな。俺《おれ》がいる」

ウェインの力強い言葉に、二人の体は僅《わず》かに震えた。

「そして俺だけじゃない。ナトラ王国には、長年父上を支えてきた家臣たちもいる。この両輪が一つの目標に向かって共に走るのであれば、どんな国難も乗り越えられるはずだ」

「殿下……」

「まさしく、仰《おっしゃ》る通りです」

頷《うなず》く二人に、ウェインは微笑を浮かべた。

「父上に回復に専念して頂くためにも、我らに嘆いている暇はない。ますますの奮起《ふんき》を期待しているぞ、二人とも」

「「ははっ!」」

ではな、とウェインは従者を連れて回廊を進んで行った。

その背中が消えるまで見送った後、二人は深く感嘆の息を吐く。

「……やはり、あのお方こそ我らの希望だな」

「ああ。幼き頃《ころ》より才気の片鱗《へんりん》を覗《のぞ》かせていたが、帝国への留学から戻って以来、見事に開花された。宮廷の混乱も収まり、今や家臣たちは殿下の元で団結している」

「ふっ、帝国が耳にすればさぞ羨《うらや》むことだろう」

「ならば奴《やつ》らを一層歯ぎしりさせるためにも、共に殿下をお支えせねばならんな」

「ああ、もちろんだ」

二人は頷きあった。

先ほどまでの暗い表情は、もはやどこにも存在しない。

二人の胸の中には、王国の輝ける未来の姿がしっかりと浮かんでいた。

◆◇◆

ナトラ王国の王宮の中心には、政務をこなすための執務室がある。

その重厚な扉が開き、現れるのはウェインとその従者だ。本来ならば国王が使用する部屋だが、今は摂政である彼が使っている。

「ニニム、今日の予定をもう一度」

書類が積まれた机の椅子《いす》に腰かけながら、ウェインは従者に問いかける。

ニニムと呼ばれたその従者は、見目麗《みめうるわ》しい少女だ。年齢はウェインと同程度か。透き通るような白い髪と燃えるような赤い瞳《ひとみ》が特徴的だ。

「午前は報告書の確認と意見書の裁定を。昼食会を挟みまして、午後は会談が三件と、陛下へお見舞いの予定が入っております」

「なら、午前中はこの部屋を訪れる者はいないな？」

「はい」

そうか、とウェインは小さく呟き、そして、

「国売ってトンズラしてえええええええ！」

思いっきり叫んだ。

「なーにが両輪が一つの目的に向かって共に走れば、だ！　嘘《うそ》ですぅー！　この国の詰みっぷりはそんなんで解決できませんーー！　無ー理ー！　絶対無ー理ーでーすぅー！」

「またそんなこと言って」

突然態度を豹変《ひょうへん》させた主君に対して、しかしニニムは動揺することなく、いくぶん砕けた口調で告げた。

「冗談でも口にすることじゃないわよ、ウェイン」

「冗談って何だよニニム！　俺は真剣に言ってるっつーの！」

「なお悪いわよ」

はぁ、とため息を吐くニニム。

ナトラ王国の次代の名君として敬われる少年——ウェイン・サレマ・アルバレスト。

しかしその実体は、義務、責任、努力といった言葉が大嫌いなダメ人間であった。

「人目が無くなるとすぐだらしなくなるんだから……もう少しシャキッとしなさい」

ウェインの本性を知る数少ない人間の一人が、このニニム・ラーレイだ。

立場的にはウェインの筆頭補佐官《ひっとうほさかん》であり、幼い頃から彼に仕える側近中の側近である。

国政を預かる摂政に就いた若い王太子の補佐が、同じくらい若い少女であることは、常識的に考えれば何の冗談かと思われるところだが、しかしそれを口にする者はこの宮廷にはいない。

理由としては、彼女を重用する王太子の勘気《かんき》に触れるのを恐れているのが半分。もう半分が、ニニムがこれまで補佐として確かな実績と能力を発揮しているためである。

二人きりで幼馴染《おさななじみ》とはいえ、仮にも王太子である彼にこんな口を利けるのも、長い時をかけて培《つちか》った信頼と実績があってこそだ。——もっとも、その二つがあるために、最近は苦言ばかり口にしてしまうのだが。

とはいえ、ウェインの口から益体《やくたい》のない愚痴《ぐち》が飛び出すのは、何も彼の気質だけが理由ではない。

「ほーん？　なになに何スかその優等生気取りな態度はぁ⁉︎　ニニムだってこの国の全方位ド貧国っぷりは解ってるはずだろぉ⁉︎」

「ド貧国は言いすぎよ。……ちょっと人材が足りなくて、だいぶ資源が不足してて、かなりお金が無いだけじゃない」

「それを世の中じゃド貧国っていうんだよ！」

ナトラ王国はヴーノ大陸にある国家の一つである。

人口は五十万人ほどで規模としては小国。大陸最北端に位置し、春は短く冬は長い。さらに国土の大半は不毛な岩と山だ。

歴史はあるが国内資源は乏しく、ろくな産業もない。名物といえば雪景色ぐらいだが、ありがたがるのは遠方から訪れる酔狂《すいきょう》な旅人ぐらいで、王国民からすれば厳しい冬の訪れを告げる小憎たらしい天の恵みである。

歴史が長いのも、侵略の旨味《うまみ》に乏しく、他国から見向きされなかったためだ。歴代の君主が総じて賢明であったがゆえに、どうにかこれまで国家としての体裁《ていさい》は維持されてきたが、控えめに言って何かの拍子に吹き飛びかねない弱小国家である。

「内政に手を入れようにも金がない。金を集めようにも産業がない。他所《よそ》から奪おうにも軍事力がない。優秀でまともな人材は立身出世《りっしんしゅっせ》を目指して他《ほか》の国へ行く！　しかも大陸の各地で火種《だね》が燻《くすぶ》っていつ嵐《あらし》が起こるか解らん状況で親父が倒れて俺が国のかじ取りとかああああああおおおおおおお！」

そういうわけで、ウェインのこの嘆きにも一理はある。十代半ばの少年が背負うには少々重すぎる責務であることは間違いない。だからといって、誰かが代われるものではないのだが。

「あーあ、何で俺はこんな国の王子に生まれたんだ。もっと資源と人材と資金で溢《あふ》れる国に……あ、だめだ、絶対侵攻される。資源はちょっと削る感じで……人材も強すぎるとクーデター起きそうだし弱めに……」

「はいはい、無駄なこと言ってないで。ほら、仕事を始めるわよ」

ぶつぶつと益体《やくたい》のない妄想を口にするウェインの鼻面《はなづら》に、ニニムは書類を押し付ける。

んあー、と亡者《もうじゃ》のような声を発しながらウェインは書類を受け取り、眺めると、ニニムに突き返した。

「問題なし。次」

「……ちゃんと読んだ？」

「読んだ読んだ。超読んだ。ニニムの体重が増えたって書いて痛《いて》えっ！　おま、王子の足を踏むとか不敬だろ！」

「敬意を払ってほしいならもう少し真面目《まじめ》にやりなさい。それと私の体重は増えてないわ」

「はぁーん？　おいおいおい、ダメだぜニニム全然ダメだ、お前の足音の変化に気づかない俺だと思ったか？　その起伏の少ないボディは間違いなく先週より六百グラム以上の重量を蓄えておい馬鹿《ばか》やめろ俺の腕はそんな方向に曲がらなぐおおおおお⁉」

「このまま関節の限界に挑戦するのと仕事に取り掛かるの、どっちがいいかしら？」

「お、お仕事頑張らせて頂きます……！」

「よろしい。それと私の体重は増えてない。いいわね？」

「ふぇーい」

ウェインの尻《しり》を蹴《け》り飛ばして仕事をさせられるのは、王国広しといえニニムだけである。

「はーやだやだ。俺は何にも煩《わずら》わされずに、金貨に囲まれながらニニムをからかって悠々自適《ゆうゆうじてき》に暮らしたいだけなのに、どうしてそれが叶《かな》わないんだか」

と、ウェインが机に突っ伏したまま世迷いごとを口にしたその時、執務室の扉がノックされた。

ウェインは即座に起き上がり、同時に扉がガチャリと開いた。現れたのは一人の少女だった。

「お兄様、いらっしゃる？」

年齢はウェインたちより少し下か。涼やかなドレスを纏《まと》い、長い黒髪をなびかせて、軽《かろ》やかな足取りで部屋に入る彼女は、まさしく可憐《かれん》というに相応《ふさわ》しい。

それでいて顔立ちにウェインと似た雰囲気を感じさせる。それもそのはず、彼女の名はフラーニャ・エルク・アルバレスト。ウェイン・サレマ・アルバレストの妹であり――すなわちナトラ王国王女である。

「――フラーニャか。どうかしたか？」

さも勤勉に仕事をこなしていたかのように、ウェインは背筋を伸ばしたまま書類から顔を上げた。

「ええと、大したことではないの。ただ、最近お兄様が忙しくて、あまりお話しできていないと思って」

フラーニャは少し申し訳なさそうに、それでいてどこか期待を込めた眼差《まなざ》しを向けながら言った。

「……ご迷惑だったかしら？」

「まさか」

ウェインは微笑《ほほえ》んだ。

「妹の来訪を迷惑と考える兄がいたら、それは生まれる順番を間違えているな。おいで」

フラーニャの顔がパッと華やいだ。そしてウェインの傍《そば》まで駆け寄ると、彼の膝《ひざ》にぴょんと跳び乗った。

「っとと……フラーニャ、おいでとは言ったけど、これはちょっとはしたないぞ」

「そんなことないわ。昔からここが私の特等席だもの」

そう言ってフラーニャは頰《ほお》をウェインの胸にこすりつける。小動物が甘えるかのような動作だ。

思わずウェインの頬が緩《ゆる》むが、フラーニャの視線が向かうとすぐさまキリっと締め直す。傍にいたニニムが紙にさらさらと文字を書き、ウェインにだけ見れるように示した。

『シスコン』

『ほっとけ』

ウェインも文字で返事をしていると、フラーニャがきょとんとして首を傾《かし》げる。

「お兄様、どうかしたの?」

「いや何でもないよ。ただそう、どこかの誰かと比べてフラーニャはまだまだ軽いと思ってな」

「お兄様ってば。人の体重を比べるだなんて失礼よ」

「はは、悪い悪い」

言いながらウェインはニニムを見た。

『後でシメるわ』

見なかったことにした。

「でも良かった」

フラーニャは安堵《あんど》の吐息を漏《も》らす。

「お仕事を真面目にしてるお兄様のお邪魔をして、怒られないか不安だったの」

「……」

「お兄様？」

「いや、まあ、うん、真面目にやってるぞ。なあニニム？」

「もちろんです。――今も用意していた仕事では物足りぬと、こうして追加を求められるほどですから」

そう言ってニニムはどこからともなく取り出した山のような書類を机に置いた。

「摂政として十全《じゅうぜん》たろうとする殿下の姿勢、このニニム、心より感服しております」

「まあ。さすがお兄様だわ」

「……だろう⁉　王子として当然のことだからな！」

こんちくしょう、という視線をニニムに向けながらウェインは強気に笑った。もちろんニニムは素知らぬ顔だ。

「けれどこれじゃあ、当分はお兄様にお休みなんて無さそうね」

「そうだな。家臣の協力で宮廷は大かた掌握できたが、まだ国内の混乱は収まってない。これをどうにかするまでは忙しい日々が続くと思う。……すまないな、本当なら遊んでやりたいところだが」

「お兄様が謝る理由なんて一つもないわ」

ふるふると頭を振り、それから不安そうにフラーニャは呟いた。

「ただ、無理だけはしないでほしいの。もしもお兄様がお父様みたいに倒れたら……私にできることなんて何もないし……」

「心配するな、こう見えて俺はしぶといんだ。それにフラーニャが何もできないっていうのも間違いだ」

「……私に何かできるの？」

「難しいことじゃない。笑顔でいてくれていればいいんだ」

ぷに、とウェインはフラーニャの頬を指でつっついた。

「フラーニャが明るく笑ってくれるだけで、俺も父上も元気になる。これはフラーニャにしかできないことだ」

「……ほんとに？」

「もちろん。俺が嘘を吐《つ》いたことなんて……それなりに……いや結構……うん、ともかく、これについては本当だ」

「じゃあ……こう？」

フラーニャはにこっと笑顔を浮かべた。ウェインは満足げに頷いた。

「だいぶ元気になった。ただそうだな、この上でさらに抱き付いてくれればもっと元気になると思う」

「ふふ、お兄様ってば。えいっ」

フラーニャはくすくす笑いながらウェインの体に抱き付いた。

「これでどうかしら？」

「ああ、これなら午後の仕事も乗り切れるな。特に今日は大一番があるから助かった」

「それなら良かったわ。……でも、大一番って？」

抱き付きながら首を傾げるフラーニャに、ウェインは言った。

「帝国大使との会談だ」

◆◇◆

アースワルド帝国とは、ヴーノ大陸東部における一大国家である。

恵まれた気候と肥沃《ひよく》な土地。鉱物資源も豊富であり、大陸でも一、二を争う巨大な湖を抱えて水産も盛んだ。およそ国が豊かになる全《すべ》てを備えた国であり、それゆえ、建国以来何度も他国から侵略を受けてきた国でもある。

それらを跳ねのけるために自然と帝国は軍事に傾倒《けいとう》し、気づけば大陸随一の軍事国家となった。そして今代の皇帝になると、その軍事力を背景に隣国を次々と占領していった。

帝国の勢いはまさに破竹《はちく》であり、歴史上一度として成立していない大陸統一を成し遂げるのではとすら思われたほどだ。

皇帝が倒れた、その日までは。

「――以上が、ウェイン・サレマ・アルバレスト王太子の情報になります」

「御苦労様」

補佐官の締めくくりに、あてがわれた館の一室にて、フィシュ・ブランデルは小さく息を吐いた。

年齢は二十代半ばだろうか。流れるような金髪が特徴の、美しい女性だ。

しかしフィシュは美しいだけの人物ではない。彼女こそ帝国より派遣されたナトラ王国駐在大使である。

「噂《うわさ》通りの仁徳《じんとく》に溢れた次代の賢君《けんくん》、ってところね」

「ええ、内外ともにナトラ王国の次期国王として認められています。摂政への就任にも反発はほとんどなかったようです」

「帝国《うち》は上を下への大騒ぎだっていうのに、羨《うらや》ましいことだわ。でもそれだけに、これまで繋《つな》がりを持てなかったのが悔やまれるわね」

「それは仕方ありませんよ。大使の赴任《ふにん》と王太子の帝国留学時期が重なっていたわけですし」

フィシュがナトラ王国に赴任したのはここ数年のことだ。根強い交渉で国王とはそれなりに話し合える関係を構築できたが、状況は一変してしまった。

「今日の会談で王太子はどう出てくるでしょう？」

「世間話で終わり……とはならないでしょうね。駐留してる帝国軍について言及するのは間違いないわ」

現在、ナトラ王国には帝国軍が五千人ほど駐留している。これは国王との交渉によって正式に許可されていることだが、他国の軍を置くことにはナトラ王国内で不安と反発があることをフィシュたちは知っていた。

「軍の撤退を要求されるでしょうか」

「どうかしらね。ただ、この会談で情報以外の彼の人となりが……そして本物の王器《おうき》の持ち主かが、少なからず見えてくるはずよ。まあ、フラム人を抱えてる時点で、変わり者ではあるんでしょうけど」

「ニニム・ラーレイですか」

「ええ。この国にフラム人が多く住んでいるのは知っていたけど、まさか帝国以外にも家臣として登用している国があるとは驚いたわ」

「まったくです。しかも彼らを受け入れた歴史は帝国より遥《はる》かに古いそうですよ。西側の国からすれば、奴隷《どれい》階級である彼らを人として扱ってるこの国は奇異《きい》に見えるでしょうね」

「我が帝国が大陸を統一した暁《あかつき》には、そんなくだらない価値観は消え失せるわ。……そろそろ会談の時間ね」

フィシュは立ち上がる。ウェインとは簡単な挨拶《あいさつ》こそ交わしてはいるが、こうして正式に話し合いの場を設けるのは初めてだ。

「本国からの情報が正しいなら、帝国の停滞も近々終わるわ。そのためにも、駐留の件は是が非でも維持するわよ」

固い決意とともに、フィシュは会談の場へ向かった。

◆◇◆

「フィシュ・ブランデルは元々バンヘリオに派遣されていた大使です」

宮廷の廊下を歩きながら、ニニムは前を行くウェインに向かって会談相手の情報を告げる。

「バンヘリオとなれば西の大国。それがなぜこの国に？」

人目もある廊下のため、二人の言葉遣いは主従のそれ。しかしその程度の切り替えはお互い既に慣れたものだ。

「本国の政争に巻き込まれたようです。そして殿下の帝国留学と入れ替わるようにナトラに。出世街道から外れたものの、かなりのエリートのようですね」

「だとすれば、ナトラの田舎《いなか》暮らしは退屈だろう」

「それが本人は案外満喫《まんきつ》しているようですよ。中央の政治に関《かか》わるのはもうまっぴらだと常々語っているとか」

ウェインは苦笑した。

「なるほどな。事情がなんにせよ、他国の民から我が国が好かれるのは喜ばしいことだ。……

しかしそれほど優秀な人間だとすると、会談は一筋縄ではいかないな」

「目下《もっか》の問題としてはやはり駐留帝国軍ですが……難しいところですね」

それなんだよなー、とウェインは内心でため息を吐く。

そもそもの話として、なぜナトラ王国に帝国軍が駐留しているのか？

名目上は軍事訓練のために土地を貸りている、というものだが、もちろんこれは本当の目的ではない。

ではなぜかといえば、いくつか要因があるものの、突き詰めるとナトラ王国の微妙な立地に辿《たど》り着く。

一つ、大ざっぱに楕円《だえん》を想像してもらいたい。それがヴーノ大陸だ。

そして巨人の背骨と呼ばれる長い山脈が、大陸を真っ二つにするようにして北から南にまで伸びている。この山脈という障壁によって東西は分断され、東と西で国体、人種、思想、文化が大きく異なっているのが現状だ。

もちろん、行き来ができないわけではない。遥か昔ならばともかく、今は整備された道も多くある。あるが――それらはあくまで個人や行商が利用する道の話だ。

そういった道を静脈と表現するのなら、千や万の兵隊が往来できる道は動脈だ。その数は静脈よりも少なく、当然、交易の面でも軍事の面でも動脈を抑えることは大きな価値を持つ。特に大陸の覇権を狙《ねら》う国にとっては必須とも言っていい。

そして何を隠そうナトラ王国は、大陸最北にある動脈の上に造られた国なのである。

大陸統一を狙う帝国にとって、放っておける場所ではなかった。

(どうしたもんかな)

帝国軍が駐留するにあたって、少なくない代金がナトラに支払われている。彼らは決して一方的に居座っているわけではない。しかしそれでもやはり他国の軍がすぐ間近にいることは、喉元《のどもと》に刃《やいば》を突きつけられているようなものだ。民は不安になるし、王国軍も良く思っていない。

いや、もっと直接的に言えば、軍部はウェインが摂政に就任したのを契機として、帝国軍を撤退させることを期待していた。

彼らの気持ちはわからないでもない。国防に対する懸念《けねん》もあれば、メンツの問題もあるだろう。しかしウェインには易々《やすやす》と彼らの望み通りに動けない理由があった。

その理由とはすなわち、

(ぶっちゃけ帝国に媚《こ》びを売りたい!)

というわけである。

(あんな大国に逆らっても面倒なだけだし、駐留の代金も正直助かってる。俺としては契約続行で何の異論もないんだよなぁ……)

自身が留学していたこともあり、ウェインは帝国に造詣《ぞうけい》が深く、国力の差は身に染《し》みている。

さりとて、このまま軍部の期待を突っぱねるのも問題だ。

（摂政の就任がスムーズだったのは、それだけ家臣が俺に期待してるからだ。就任早々帝国に尻尾《しっぽ》を振って失望されたら今後がやりにくい。特に武官連中がヘソを曲げたらクーデターを起こされる可能性もあるし）

あちらを立てればこちらが立たず。

板挟みの状況にウェインが呻《うめ》いていると、ふと傍《かたわ》らを歩いていたはずのニニムの姿が消えていたことに気が付いた。

「ニニム？」

「――失礼しました」

呼びかけると、物陰よりニニムが姿を現す。

「今しがた帝国の密偵より報《しら》せが」

「報せ……？」

彼女は書簡を差し出した。ウェインはそれを受け取り中を見る。

「……へえ」

ウェインは片眉《まゆ》を上げた。

「この情報は間違いなく大使側も摑《つか》んでいるな……となると……」

そしてしばしその場で瞑目《めいもく》すると、不意に歩きだした。

「行くぞニニム、方針は決まった」

「はっ……しかし方針とは？」

「決まっている」

にっとウェインは笑った。

「総取りだ」

◆◇◆

「お久しぶりです、摂政殿下」

応接の間に到着したウェインとニニムを迎えたのは、先に待っていたフィシュ・ブランデルとその補佐官だった。

「既に一度ご挨拶はさせて頂きましたが、改めまして、アースワルド帝国大使、フィシュ・ブランデルです」

「ナトラ王国王子、ウェイン・サレマ・アルバレストだ」

互いに名乗りあい、席に着く。口火を切ったのはフィシュの方だ。

「本日はお時間を頂き、ありがとうございます。殿下におかれましては、摂政へのご就任の儀、誠におめでとうございます。恐れながら、国王陛下のご容体《ようだい》が優れないことで、王国に悲嘆が広がっているのを痛感していました。それゆえ此度《こたび》のことは、まさしく暗雲に一条の光が差し込まれたことと思っています」

「ありがとう、ブランデル大使。この肩に多くの期待がかかっていることは私も感じている。それを裏切らないよう努めるつもりだ。我がナトラとアースワルドの友好のためにも、互いに協力できることを願っている」

「もちろんです、摂政殿下」

会談は和《なご》やかに始まった。

ウェインとフィシュは取り留めのない会話を交わす。そうしながら片や国家元首代行として、片や大国より派遣された大使として、向かい合う相手の器《うつわ》を測り、人となりを確かめ合うのだ。

それは一種の共同作業といえる。

しかし同時に、常にピリッとした緊張感が部屋にあるのを、この場にいる全員が感じている。彼らは解っているのだ。この共同作業の間にどれだけ相手に差をつけるかが、この後に待ち受ける本題に大きく関わってくることを。

（……なるほど、この懐《ふところ》の深さは本物ね）

ウェインと言葉を交わしながら、フィシュは早々に彼が油断ならない相手であると感じ取っていた。

（若く、経験の乏しい人間はとにかく早急な結果を求めたがる……けれど彼にはその焦《あせ》りがまるでない。王太子という立場を鼻にかけず、こうして同じ高さの席に座るのも余裕の表れね。摂政の座について間もないのに、貫禄《かんろく》すら感じられるわ）
こちらの探りを軽くいなし、かといって逆手《さかて》に取って詰め寄るということはせず、悠然と構える。底が見えない相手だ。少なくとも自分が彼と同じ年齢の頃、これほどの深さは持っていなかった。
（本気でかからないと持っていかれるわね……）
警戒心を強め、フィシュは気を引き締めた。

と、フィシュが考える一方で、ウェインもまた強い確信に至っていた。

（この人おっぱいでかいな……）

最低である。

（前に挨拶した時は忙しかったから気づかなかったけど、かなりの大物だ……ただの脂肪《しぼう》の塊なのに貫禄すら感じる。これも富める帝国の人間だからこそか。それに比べて……）

ウェインはちらりと席の後ろに控えるニニムを見た。具体的には、その慎《つつ》ましやかな胸部を。

（……戦力差は歴然だな）

ぷす、とニニムの持っていた羽ペンが後頭部に突き刺さった。

「っ……！」

「殿下？」

「いや、少し頭痛がな。多忙を理由に睡眠時間を削るのはやはりよくないようだ」

慌てて取り繕っていると、ニニムが背後から書類を差し出した。隅っこに『真面目にやりなさい』と書いてあった。

なぜ考えていることがバレたのだろうか。女の勘の恐ろしさを感じていると、フィシュが微《ほほ》笑《え》みながら言った。

「――それにしても、肩の荷が下りた気分です。実を言えばこの会談が始まるまで、殿下と良い関係を築けるか不安でしたが、こうして言葉を交わすことで杞憂《きゆう》であると確信いたしました」

「大使にそう言ってもらえると私としてもありがたい。帝国との友誼《ゆうぎ》が強固であると確信できれば、私の悩みも少しは晴れるというものだ」

「それはそれは。やはり国政を担うというのは、悩みが尽きないものですか？」

「さながら海を飲み干そうとしているかのような気分だよ。民の暮らし、他国や諸侯との関係、軍の練度、財源、産業……考えることは山積みだ」

「……その中に」

フィシュの眼が鋭く光る。

「駐留帝国軍については、含まれておりますでしょうか」

空気が張りつめた。

前哨戦《ぜんしょうせん》は終わり、本番が始まる。

（さあどう返してくる？）

フィシュが油断なく見つめる中で、ウェインは口を開いた。

「私としては、帝国との関係の維持を第一に考えている」

「それでは」

「しかし」

言葉を被《かぶ》せ、ウェインは続ける。

「我が軍の人間が、他国の軍隊を置いている現状に強い懸念を抱いているのも事実だ」

ウェインの言葉に、フィシュは動揺しなかった。

ここまでは想定している範囲内だ。帝国の顔を立て、軍部にも良い顔をしたい。そのためにこちらから何か――恐らくは資金か物資か――譲歩を引き出す。そんなところだろうと予見し、準備もしてある。

だからこそフィシュは、次のウェインの言葉に僅かな戸惑いを得た。

「ゆえに、私はその懸念を取り除くべきだと思っている」

「はっ……取り除く、ですか？」

「そうとも。先ほども言った通り、私は帝国との関係の維持を重視している。ならばこそ、帝国軍と我がナトラ王国軍の溝を埋めるべきだ。そうだろう?」

「……仰《おっしゃ》る通りです」

まずい、とフィシュは思った。明らかに意図をもって誘導しにきているが、その意図に思考が追いつかず向こうにペースを握られた。しかし今は取り戻せるタイミングではない。

「そのために私は、これを機に王国軍を再編しようと計画しているところだ」

「軍の再編を……?」

「恥を晒《さら》すようだが、我が軍は決して精強ではない。なにせ実戦経験がほとんどないからな。そしてその未熟と無知こそが、帝国軍との軋轢《あつれき》を生み、相互理解を阻《はば》んでいる」

「再編することで、それを失《な》くそうと?」

「その通りだ。しかし重ねて恥を晒すが、ただ王国軍の中でやり直すのでは進歩も変化も生まれない。それに加えて実行する資金も乏しい」

ウェインはにっと笑った。

「そこでだ、ブランデル大使。——我が王国軍に、帝国軍のノウハウと資金を提供してもらえないだろうか?」

このウェインの言葉には、フィシュのみならず補佐官やニニムまでもが目を見張った。

(何を馬鹿な！　こんな要求通るわけがない！)

補佐官が内心で声を張り上げる一方、ニニムも眉根《まゆね》にしわを寄せる。

(王国《うち》の軍を帝国《そっち》のノウハウで鍛えてよ。そのための金も帝国持《そっち》ちね、なんて……吹っ掛けるにしても限度があるわ。それともここから徐々に要求を下げていくつもり？)

二人は思わず懐疑的な視線をウェインに向ける。

しかしウェインはどこ吹く風だ。それは自分の提案が決して無茶なものではないと確信している風情《ふぜい》であり——事実、対面しているフィシュの反応は二人と違った。

「……果たして、それで本当に軋轢は解消されるでしょうか？」

「帝国にそれだけ誠意を見せられれば、いかに武門の人間とて心に響くものがあるだろう。それに私も解消のために尽力するつもりだ」

「…………」

フィシュが深く沈黙する。その脳裏《のうり》で猛然と思慮が巡らされているのは言うまでもなく、三人の視線が集まる中で、やがて彼女は口を開いた。

「解りました。細かい条件はこれから詰めるとして……殿下の提案、受け入れましょう」

「ありがとう大使。貴女《あなた》なら理解してくれると思っていたよ」

ニニムと補佐官が驚く中で、二人は固く握手を交わした。

◆◇◆

「つーかーれーたー！」

日も暮れ、月が浮かぶ夜。

摂政としての業務を終えたウェインは、寝室に到着するや否やベッドに倒れ込んだ。

「あーやだ、もーやだ。なんで摂政ってのはこんな忙しいんだ。こうなったら明日は休日にしよう。ついでに明後日と明々後日も」

「ダメに決まってるでしょ」

ベッドの上をごろごろと転げ回るウェインを見ながらニニムはため息。

「それよりウェイン、聞きたいことが」

「残念ながら本日の業務は終了しましたー。もう俺は寝るのでニニムも部屋に戻ってお休みしてくださーい」

「少しだけでいいから」

「……どうしても？」

「どうしても」

ふむ、とウェインは呟いた。

「じゃあ寝るまでの間、語尾ににゃんをつけてくれるなら話す」

「……」

「へいへいへーい！　どうしたのかなニニムにゃーん⁉　お前の好奇心はこの程度の恥すら乗り越えられないもんなのかにゃーん⁉」

「……解ったにゃん」

「んんんんー⁉　聞こえないにゃーん！　もっと大きな声で言ってくれなきゃ困るにゃおおおお俺の腕があらぬ方角に！」

「あまり調子に乗るなにゃん」

「す、すいませんでしたにゃん……」

　そして場を仕切り直したところでウェインは言った。

「でだ、なんであのおっぱいがこっちの提案を呑《の》んだか、だろ？」

「おっぱいって……まあその通りよ」

「にゃん」

「……その通りにゃん」

　ニニムからの抗議の視線を受け流しながらウェインは言った。

「会談の前に届いた帝国からの報せを覚えてるか？」

「え？　ええ、もちろん。——アースワルド帝国皇帝に快復の兆しあり、でしょ？」

「それが理由」

「どういうこと？　……にゃん」

　ウェインは上体を起こした。

「いいか、ナトラ《うち》は東西を結ぶ出入り口の一つに位置してるが、実際のところ、この道は他と比べれば貧弱で使い勝手が悪く、優先度は低い。そこで他の道を制圧するまで、この国が他の国に奪われたりしないよう派遣されたのが、帝国軍五千の兵だ。そして順番が来れば、この国は武力か外交で帝国の属国になる……はずだった」

「皇帝が倒れたことでプランが崩れたわけね」

「そうだ。宮廷は荒れ、攻め落とした国の統治に失敗し、各地で反乱の火種がくすぶり始めた。それらに対処するため、ナトラ《うち》みたいな弱小国相手でも友好関係を築いて時間を稼ぐ必要があった」

「でも、その皇帝が快復した。……解らないわね、尚更《なおさら》このタイミングでナトラ王国軍の再編に手を貸す必要がないわ。わざわざ敵を強くしてどうするの。それとも多少強くなったところですぐに潰《つぶ》せると思ってるのかしら……にゃん」

　ウェインは頷いた。

「最悪そうなっても武力制圧は可能だと考えてるだろう。でも向こうの狙いはそこじゃない。帝国にとってナトラは足掛かりでしかなく、その目的はあくまで西側への進出だ。そこで考えてみよう、大陸制圧のためには国が大量に用意すべきものは何になる？」

「何って、資金に食料に装備、それと……」

そこまで口にしたところで、ニニムははっと目を見開いた。

まさかという表情でウェインに目をやり、彼はにっと笑った。

「そうさ、フィシュ・ブランデルの狙いは──」

◆◇◆

「ナトラの兵士を、未来の帝国兵として取り込む……!?」

「ええ、その通りよ」

ウェインとニニムが会話をしている同時刻。

あてがわれている館の一室で、フィシュは補佐官の言葉に首肯した。

「皇帝陛下の復調という喜ばしい報せは貴方《あなた》も聞いたでしょう？　足踏みしていた西進政策もこれで動き出すわ。その時、精強な兵士は多ければ多いほどいい」

「……」

「一見すると、今回の取引は帝国《われわれ》だけが負担しているように見える。けれど遠からずこの国が帝国領になれば、軍の教導も資金の出資も先行投資になるでしょう？　こちらに損は無いというわけよ」

「待ってください、前提に疑問があります」

　補佐官が声をあげた。

「ナトラが帝国に牙《きば》を剝《む》かない保証がどこにあるんです？」

　その疑問はもっともだが、フィシュは既に答えを得ていた。

「彼が帝国に歯向《はむ》かうことはないわ。今日の彼の提案こそが、それを証明しているのよ。考えてもみなさい。仮にナトラの兵士が帝国兵と同等の力量になったとしても、帝国が負けると思う？」

「それは……有り得ませんね。国力が違いすぎます」

「その通り。それは彼も当然解っているはずよ。じゃあ今日の提案の意味は？　ただ国内の軍部へのご機嫌取り？　いいえ、そんな浅いものじゃないわ。あれはナトラ王国民を守るための痛烈な一手だったのよ」

「どういうことです？」

「王太子は恐らく皇帝陛下の快復を知っていたんでしょう。そして当然私たちと同じように帝国の西進政策が進むことを予見し、考えた。帝国はナトラをどうするか？　武力による征服か、外交による降伏の二択。放っておかれることは有り得ず、どちらにせよ王国の歴史が終わる。ならば彼が望むのはどちらの結末かしら？」

　補佐官の眼が見開かれた。

「あの提案は、我が国の武力制圧の可能性を遠ざけるのが狙いだったんですね……⁉」

「ええ。事実、今のナトラは帝国にとってどうとでも捌《さば》ける小国。武功を求める高官が武力制圧を推せば、そのまま通ることも考えうる。けれどここに未来の帝国兵がいるとなれば話は変わるわ」

「間違いなく外交による恭順《きょうじゅん》が第一手として取られますね……それを王太子が受け入れれば、ナトラ王国民の余計な血が流れることはない。それに武力制圧がなければ両国間の感情摩擦《まさつ》も極力薄くできます」

「対外的には帝国から一方的に利益《りえき》を得ることでその手腕をアピールし、今の臨時政権を落ち着かせる。それでいて帝国に呑まれる将来を見越して、穏便《おんびん》に着地させる準備をする。……見事な作戦よ」

全く感嘆する他にない。会議で感じた懐の深さ。そしてこの策略を巡らせる智謀《ちぼう》。あれで十六歳だというのだから末恐ろしい。

ナトラ王国が併呑《へいどん》された後、彼がどのような道を辿るのかは分からないが――もしも生きて野に下るというのであれば、是非とも帝国に迎えたいところだ。

しかしそうして感心しつつも、フィシュには一つの懸念があった。

（……本当に、彼の狙いはこれだけなのかしら）

補佐官に語った通り、今日の会議で彼の提案には実利があると気づき、受け入れた。

しかしその気づきをウェインは最初から想定していたはずであり、今の流れは間違いなく彼の思惑通りに進んでいる。ならば、この流れの中に他の罠《わな》を仕掛けは無いのだろうか。

(取引の詳細を詰める段階で、あらゆる隙《すき》は潰した。仕掛けるなんて不可能……そのはず)

だがもしも。

もしもウェイン・サレマ・アルバレストという人物が、自分の想像するよりもなお深く、広い視野を持っていたとしたら。

(認めるしかないわね……彼の器が本物だと)

捨てきれない可能性を想《おも》いながら、フィシュはウェインの姿を脳裏に思い描いた。

◆◇◆

「——ま、罠なんてないんだけどな！」

「急に何の話？」

「いや、今頃《いまごろ》向こうは疑心暗鬼になってるんじゃないかと思ってさ」

訝《いぶか》しむニニムに向かって、気にするな、とウェインは告げる。

「ともあれ解っただろ、なんで向こうが条件を呑んだのか」

「……理解したわ」

「でも納得はしてないって顔だな」

「当然でしょう」

　不満を露《あら》わにニニムは言った。

「帝国から支援を引き出すことに成功しても、その行き着く先が国家の終焉《しゅうえん》なんて聞かされたんですもの」

　そしてニニムは躊躇《ためら》い気味に口にした。

「……本当に国を明け渡すつもりなの？」

「当然そのつもりだ。……おい待て腕の関節を極《き》めようとするな」

　無言で腕を取ろうとするニニムを押し留《とど》める。

「ニニムだって俺の帝国留学に付き合ったんだから解るだろ。帝国とは馬鹿みたいに国力差があるし、逆らっても余計に血を流すだけだ。それに留学中に帝国の統治を見て回ったけど、そんなに悪いものじゃなかったろ？　この国が帝国領になっても混乱は最初だけで、すぐに馴染《なじ》む」

「……本心は？」

「これで面倒な立場からおさらばだぜひゃっほおおおおああああ腕が腕が腕が⁉」

「ウェインならできるでしょう。帝国を相手に立ちまわることだって」

「やだよ面倒くさい。……うおおおお腕が曲がっちゃいけない方向に！」

そのままひとしきりウェインに悲鳴を上げさせた後、ニニムは諦《あきら》めたようにウェインから離れた。その背中に向かって彼は言った。

「そんなに嫌なら反逆するか？　俺を殺せば今回の話は流れるぞ。なあ、俺の心臓《しんぞう》よ」

「……心臓がそんなことをするわけないでしょ」

どれほど不満を言おうとも、どれほど反対しようとも、しかし最終的にニニムがウェインの決定に逆らうことはない。

彼女の祖先がこの地に辿り着き、王家に仕えることになった日から、それは決して覆《くつがえ》ることのない一族の誓いだ。

「そう拗《す》ねるなよ。名残《なごり》惜しい気持ちは解るけど、どんな国もいずれは無くなるもんだ。それが偶々《たまたま》俺たちの代だったってことさ」

「……王国軍の説得は本当にできるの？」

「最初は嫌そうな顔するだろうけど、今は雌伏《しふく》の時とか言って帝国の強さを学ばせれば、逆らう気なんて自然と折れる。そんで時が来たら帝国に恭順。要所であるこの地は帝国の人間が統治するだろうから、俺は金をもらって悠々隠居《ゆうゆういんきょ》！　我ながら完璧《かんぺき》な計画だな！」

「……失敗すればいいのに」

ウェインは笑った。

「こういう悪だくみが俺の十八番《おはこ》だってことは知ってるだろ？　まあ見てろって。それとニニム」

「……にゃーん」

「よろしい」

自信満々な主君の様子に、ニニムは一層深いため息を吐いた。

◆◇◆

ニニムの思いに反して、物事はウェインの思惑通り進んだ。

帝国の教導を受けることに最初こそ反発があったものの、ウェインの言葉巧みな説得によって予定通り軍の再編が実行に移される。

その結果は劇的だ。大陸でも屈指の強さを誇る帝国軍の手法を取り入れ、さらに帝国からもたらされた潤沢な資金を注《そそ》ぎ込まれた王国軍は、みるみる内に成長した。

そして会談から三カ月後の今。

ナトラ王国軍は、以前と比べ物にならないほど精強な軍隊となっていた。

「いやー、つれーわー！　思い通り上手《うま》く行ってつれーわー！」

当然というべきか、この目に見える変化にウェインはご機嫌だった。

普段ならば執務室にいる時は文句と愚痴《ぐち》ばかりのウェインだが、今は鼻歌すら飛び出しかねない勢いだ。

「確かに王国軍の強化は順調ね」

釈然としない面持ちながら、彼の横に立つニニムもこの結果は認めざるを得ない。

「でも調子に乗って油断してると足元掬《すく》われるかもしれないわよ？」

「おいおいニニム、掬われるって今更どこの誰にだよ？　大陸がひっくり返るような天変地異でも起きない限り、後はもう既定路線さ。隠居した後に何するか考えてもいいぐらいだ」

「まったく……」

大陸一周旅行とかいいかもなー、などと妄言《もうげん》を口にするウェインに、ニニムが呆《あき》れた眼差《まなざ》しを向けていると、執務室の窓を外から小突く音が届いた。

音を鳴らしているのは一羽の鳥だ。窓の外にある止まり木から何度も嘴《くちばし》で窓を小突いており、その足には筒が結ばれている。ニニムが利用してる連絡用の鳥のうちの一羽だった。

ニニムは応じて窓を開けると、鳥の足首に結ばれた筒に手を伸ばして筒から伝文を取り出した。

「どうした？」

「帝国の密偵から緊急の連絡だわ」

「緊急の連絡？　なんだ、元気になった皇帝が早速軍を率いてどっかに攻め入ったか？」

「ええっと……」

ニニムは伝文を開き、書かれている文章に目を通す。

そして読み終わった彼女は、青ざめた顔で言った。

「……皇帝が、死んだわ」

「はぇ？」

ウェインは眼を瞬《しばた》かせた。

執務室に奇妙な沈黙が落ちた。ウェインとニニムは微動だにせず、さながら突然荒野に放り出されたか子羊のように、半ば途方に暮れた様子で視線を合わせていたが――やがて、ウェインが恐る恐る口火を切った。

「……ん、ん、んー、何か今聞き捨てならない言葉が聞こえた気がしたんだが、多分恐らくきっと聞き間違いだと確信してるから、試しにもう一度言ってくれニニム。……なんだって？」

「アースワルド帝国皇帝が、死んだわ」

「…………」

ウェインは顔を覆《おお》って天井《てんじょう》を仰《あお》いだ。

「そっかー……皇帝死んじゃったかー」

噛《か》みしめるように呟きながら、ウェインはゆっくりと息を吸い、

「はあああああああああああああっ⁉」

叫んだ。

「死んだ⁉　死んだ⁉　死んだのあいつ⁉　いやだって、この前快復してきたとか言ってたじゃん！　なあちょっとどういうこと⁉」

「最近また少し体調を崩して、大事を取って休んでたはずが急に……って感じみたい」

「ご、誤報ってことは⁉」

「帝国の方で正式に発表されてるそうよ。……しばらくは隠すこともできたでしょうけど、多分帝国の宮廷内で政治的な駆け引きがあったんでしょうね」

「ノオオオオオオオオ！」

ウェインは全力で頭を抱えた。

「ま、まずい。待て、ちょっと待て、どうなるんだこれは。えーっと皇帝が死ぬとナトラ《うち》への影響は……影響は……」

その時、乱暴なノックの音と共に有無を言わさず扉が開かれた。飛び込んできたのは、王国軍の伝令だ。

「失礼します、ウェイン殿下！　我が国に駐留している帝国軍が、突然移動を始めました！」

（ほわあああああああああ⁉）

絶叫を心の中で留められたのは奇跡だった。しかし伝令はそんなウェインの内心に気づかず続ける。

「東の国境へ向かっている模様ですが目的地は不明！　また、ラークルム隊長が帝国軍を追う

か否かの判断を求めています！」

伝令の言葉を聞きながらウェインは猛然と思考を働かせる。皇帝の死。国境へ向かう帝国軍。それらは間違いなく連動したものだ。

（だとするのならこの後に来るのは――）

ウェインの予感を裏付けるように、それは訪れた。

「お待ちを！　私が取り次いでまいりますので！」

「大使殿！　どうかお下がりください！」

「無礼は承知の上！　時間がないのです！」

開け放たれた扉の外から喧騒《けんそう》が届く。複数の人間が言い争いながらこちらへ向かってくる気配。ニニムがそれとなくウェインと扉との間に立とうとするのを手で阻む。これから現れるのが誰か、ウェインは既に察していた。

「摂政殿下！」

近衛《このえ》の兵士たちを押しのけながら、荒い足音を立てて現れたのは、やはりというべきか、フィシュ・ブランデルだった。フィシュはウェインの姿を認めるや否やその場で跪《ひざまず》いた。

「一国の宮廷にてこのような狼藉《ろうぜき》を働き、申し開きもございません！　しかし大至急お話ししなければならないことが！」

「……帝国軍が国境へ向かっていることは聞《き》き及《およ》んでいる」

ウェインは冷たい眼差しをフィシュに向けた。

「帝国軍の指揮権は当然そちらにある。しかし事前に何も告げずに軍を動かすとは、いかなる了見《りょうけん》か。互いに良い関係を築こうとしていたのは、私の思い違いだったか？」

（――って言うしかないよなあああああ！）

口にしている言葉と対照的に、ウェインは内心で悶《もだ》えていた。

（解るよ！　めっちゃ焦ってるの解るよ！　でもここまで押しかけてきちゃダメだろ！　これじゃ周りに秘密にできないじゃん！　部屋の中で話し合えたらそっちの都合にだって合わせられたのに！）

この場にはウェインとフィシュ、ニニムは元より、先ほどの伝令や近衛が固唾《かたず》を呑んで見守っている。さらに騒ぎを聞きつけて他の家臣も集まってきているのをウェインは感じていた。

「その件につきましては、誠に申し訳ございません……！　しかし、決してナトラ王国を害そうという意図があってのことではないのです！」

「では、いかなる理由で彼らは動いている？」

「……本国からの指示です。一刻も早く、駐留している帝国軍を帰還させよと」

「何ゆえそのような指示が？」

「……」

フィシュが逡巡《しゅんじゅん》の表情を浮かべる。自らの知る重大な情報をここで口にすべきか悩んでいるのだろう。しかしウェインとしては彼女に言ってもらわなければ、自分はともかく周囲の人間を納得させられない。

「皇帝陛下が……御隠《おかく》れになったゆえのことです……」

どよめきが、さざなみのように広がった。


(……何てことなの)

頭《こうべ》を垂《た》れた姿勢のまま、フィシュの胸中は痛恨《つうこん》の極《きわ》みにあった。

それは皇帝の崩御《ほうぎょ》や駐留軍の暴走に対して——ではない。

ウェインの目論見《もくろみ》を看破できなかった、自分への悔恨《かいこん》である。

帝国では皇帝を信奉する人々は非常に多く、何を隠そうフィシュもまたその一人だ。

だから思いもよらなかった。いや、白状すれば考えたくなかったのだ。

王国軍の強化をしてる最中《さなか》に皇帝が崩御したらどうなるか、などと。

(けれどその甘さは王太子にはなかった。彼はここまで想定していた……!)

占領しているのならばいざ知らず、あくまで友好国に駐留しているだけとなれば、本国に政変があった時に帰還命令が出る可能性は極めて高い。

止めようにもフィシュは外交部署に所属する立場であって、軍部に要請はできても命令する立場にはなく、駐留軍の帰還を止めることはできないのだ。

そして駐留軍が去れば、ナトラ王国に残るのは、帝国の資金で帝国式に鍛えられたナトラの軍隊である。少なくとも本国が落ち着くまでは、これを取り込むなどできるはずがない。

（西進政策が進むことしか私には考えられなかった。けれど王太子は、そうなった時のことと、そうならなかった時のことまで考えていた）

認めるしかない。彼の器は本物であり――自分はそれに負けたのだ。

心の中で悔しさとウェインへの賞賛がないまぜになるのを感じながらフィシュは思った。勝者たる彼は今、何を想っているのだろうか。その冷たい眼差しの奥に、どのような意思の光が瞬いているのだろうかと。

その答えをフィシュが知ることは永久になかったが、

（完全に俺が帝国ハメた形になっちゃってるじゃんよおおおおおおお！）

自分を負かした――と思っている――相手が内心でこんなに七転八倒《しちてんばっとう》してるなどとは、知らない方が良かっただろう。

「摂政殿下、我らに王国を侵犯する意思などなく、目的は本国への速やかな帰還です。どうか撤退をお許しください。彼らの行動はあくまでも主君の喪失《そうしつ》と忠義がためなのです」

伏したままフィシュは許しを請う。愚王《ぐおう》ならばこれを機に撤退する帝国軍の背を討《う》つなどとするかもしれないが、彼はそうはすまい。

「……事情は解った。忠を尽くす相手を失った将兵の心痛、憫察《びんさつ》するに余りある。帝国へ真《ま》っ直《す》ぐに帰還するというのであれば、これ以上我らは干渉すまい」

「感謝いたします、摂政殿下」

「なに、我が王国軍の教練が途中で終わるのは残念だが、帝国の大事となれば致し方ない。一刻も早く混乱が収まることを願っているぞ」

「……御言葉、有難《ありがた》く」


かくしてアースワルド帝崩御の報せは、瞬く間に大陸全土へと広まり、列国に大きな動揺と、野心の炎をかきたてることとなる。

なおこの日、「どうしてこうなったあああああ！」という沈痛な叫び声がナトラ王国の王宮にて木霊《こだま》したとされているが、詳細な記録は残されていない。

第二章　戦場にて王子は悩む

ヴーノ大陸の東部に位置するアースワルド帝国が、強い指導力を持つ皇帝《こうてい》と、皇帝に忠誠を誓う有能な武人と文官たちに率いられ、建国以来の黄金期を迎えていたことは、大陸全土が知るところだ。

帝国民たちは自らが帝国の民であることに誇りを持ち、今日より明日が輝かしくなることを疑わなかった。

しかしその展望は脆《もろ》くも崩れる。偉大な皇帝の急逝《きゅうせい》を原因とした各地の混乱の勃発《ぼっぱつ》。輝いてきたはずの未来に暗雲が立ち込めつつあることを、全《すべ》ての帝国民が肌で感じていた。

ここで帝国が踏みとどまれるかは、皇帝を支えてきた能吏《のうり》たちの手腕にかかっているのだが——今の皇宮は、権力闘争の魔窟《まくつ》と化している。皇帝という太陽を失ったことで、抑え込まれていた権力の闇《やみ》がにじみ出てきたのだ。

無論、その状況に歯止めをかけようとする思いを抱く者はいる。

ナトラ王国より帰国したフィシュ・ブランデルもまたその一人だ。

（……だというのに、不甲斐《ふがい》ないわね）

皇宮の一室から出てきたフィシュは、小さくため息を吐く。

そこに駆け寄ってきたのは外で待っていた補佐官だ。

「大使、どうなりましたか?」

「しばらく謹慎《きんしん》してろとのお達しだったわ」

先のナトラ王国においてのフィシュの失態。その処分を下されるのが今日だった。

「良かった、予想よりも軽いものでしたね。きっと、大使のこれまでの実績によるものですよ」

「というより、私に構っていられるような状況じゃないというのが正解でしょうね」

ナトラにしてやられたとはいえ、所詮《しょせん》は小国の出来事。他《ほか》にやるべきこと、優先すべきことは、今の帝国にはいくらでもあるのだ。

そう、いくらでもある。もちろんフィシュにできることも。しかし、それをすることが今の彼女には許されない。

「今こそ帝国のために身を粉《こ》にしなくてはいけないのに……」

口惜しい。胸の中は自分に対する苛立《いらだ》ちでいっぱいだ。

「ダメですよ大使、謹慎中に何かしたら今度こそ重い処分が」

「もちろん解ってるわ。謹慎が解けるまで大人しくしてるつもりよ」

でも、と彼女は続けた。

「調べ物をするぐらいは大丈夫でしょう?」

「調べるって……何をです？」

「ナトラの王太子についてよ」

補佐官は困ったような顔になった。

「大使、してやられた気持ちは解りますけど、終わったことですから切り替えないと」

「そうじゃないわよ。私はあの少年に怒ってなければ憎んでもないわ」

フィシュの言葉は本心だ。

いっそ、それもこれもあの王太子のせい、と思ってしまえば楽だったのかもしれないが、今でもウェインに対する感情は好意的なものだ。彼は彼の最善を尽くし、自分は読み負けたのだと素直に認められる。

だからこそ思う。次は、次こそはと。

「私の勘だけど、あの王太子はさらに躍進《やくしん》する。もしかしたら我が帝国に牙《きば》を剝《む》くことすらあるかもしれない。そうなった時に我が国が遅れを取らないようにしておきたいの」

「さすがに買いかぶりすぎな気もしますが……大使がそう仰《おっしゃ》るのなら、私も手伝いますよ」

フィシュは微笑《ほほえ》んだ。

「助かるわ。それじゃまずは、帝国に留学中の彼について調べることにしましょう。彼についてある程度は知っているけど、新しい発見があるかもしれないわ」

「解りました、では資料の閲覧を手配してきますね」

補佐官は駆けて行った。

フィシュは窓から外を見る。目に映るのは西のナトラ王国に繋《つな》がる空だ。

「さて……あの王子様は、今頃《いまごろ》どうしているのかしらね」

自らの好敵手となった少年のことを考えながら、フィシュもまた廊下を進んで行った。

◆◇◆

帝国軍がナトラ王国から去り、二カ月が経《た》った。

今、ウェインの眼下に整然と並ぶのは数百の兵士たちだ。

指揮官から下される指示で、素早く的確に行動するその姿は、まるで一つの生物だ。一挙手《いっきょしゅ》一投足《いっとうそく》から気迫が溢《あふ》れ、見ているだけでも気圧《けお》されそうになる。

「いかがでしょう、ウェイン殿下《でんか》」

「上々だ」

丘上の天幕から兵隊を眺めていたウェインは、家臣の言葉に満足げに頷《うなず》いた。

「帝国の教導《きょうどう》を失い、迷走するかとも思っていたが、よくぞここまで練り上げた。お前に任せたのは正しかったな、ラークルム」

「ははっ」

ラークルムと呼ばれた男は恭《うやうや》しく頭《こうべ》を垂《た》れた。

長身でしっかりした体格の男だ。それでいて威圧感がないのは、その朴訥《ぼくとつ》とした顔立ちによるものだろう。他に特徴といえば常人よりも長いその両腕か。彼はナトラ王国軍が抱える指揮官の一人であり、ウェイン自身が見出《みいだ》した人材でもある。

「されど殿下、この件において私は殿下の意思をくみ取り、従ったにすぎません。お褒《ほ》めの言葉を授《さず》かるに値するとは」

「それを十全《じゅうぜん》にこなせる家臣がどれほど得難《えがた》いか、解らないわけではないだろう。成し遂げたのは紛《まぎ》れもなくお前の功績だ」

「私を見出し、重用《ちょうよう》してくださったのは殿下であり、この任をお与えくださったのも殿下です。ならばこの結果は殿下の采配《さいはい》の賜物《たまもの》であり、私自身の功など砂の一粒ほどもありません」

「……全く、相変わらずだなお前は」

呆《あき》れた様子のウェインと一層頭を垂れるラークルム。

そこにくすくすと可憐《かれん》な笑い声が割って入った。

「ふふ、おかしいんだから二人とも」

そう口にするのはウェインの妹、フラーニャだった。

「すまないなフラーニャ。退屈だったか？」

「いいえ、綺麗《きれい》に動く兵隊さんは見てて面白《おもしろ》いし、二人の会話を聞くのも楽しいわ。でもねラークルム、せっかくお兄様が褒《ほ》めてくださってるんですから素直に受け取るべきよ。私だって滅多《めった》に褒められないいんだから、羨《うらや》ましいぐらいだわ」

「だ、そうだぞラークルム」

苦笑しながら視線を向けると、ラークルムは困ったような顔になり、やがて言った。

「……両殿下のお言葉、有難《ありがた》く心に刻みます」

「ラークルムも我が妹にかかれば形無《かたな》しだな。見事だフラーニャ、褒めてやろう」

「あら、困ったわ。これで褒められるなら、ラークルムにはこれからも意固地《いこじ》でいてもらわなきゃ」

兄妹は大きく声をあげて笑い、ラークルムも小さく笑みを零《こぼ》した。

「ところでお兄様、最近ニニムの姿を見かけないけど、どうかしたの？」

「ん？　ああ、ちょっとニニムじゃないと任せられない仕事があってな。それに取りかかってもらってるんだ」

生まれた時からウェインに仕えることが決まっており、そのために英才教育を受けているニニムは非常に優秀だ。大抵の事はそつなくこなしてしまう。

「珍しいわ。仕事とはいえ、お兄様がニニムを傍《そば》から離すだなんて」

フラーニャの言葉は真実だ。ほとんどの時間において、ニニムはウェインの傍に控えている。

「仕方ない。他に任せられるのがいなかったからな」

ウェインとて不本意だ。なにせ彼女が仕事を手伝ってくれるかどうかで、山を歩いて越えるか飛んで越えるかというぐらいに違ってくる。今日この後、自分一人でこなさなくてはいけない案件を想《おも》うと、「うばー」と心の中で呻《うめ》いてしまうほどだ。

それならば他の人材に——というのもなかなか難しい。摂政《せっしょう》であるウェインだが、あくまでも国王の代役でしかない。家臣の大半は国王によって登用された人材であり、その忠誠心は当然ながら国家と国王に向いている。純粋にウェインに忠誠を誓い、その能力が国政に携《たずさ》わるのに足りている人材は、今のところニニムとラークルムぐらいである。

そしてラークルムが練兵《れんぺい》に手を割いている以上、他に重要な事案があればニニムを向かわせる他になかった。

「そのお仕事って、もしかして帝国についてかしら？」

「うん？　どうしてそう思ったんだ？」

「最近、帝国の武器をいっぱい買ってるって聞いたから」

ほう、とウェインは内心で驚いた。隠し立てしているわけではないが、フラーニャの耳にまで入っているとは。あるいはこの国難において、自分も何かしようと国政への関心を持ったのだろうか。

「確かに武器は買ってるが、ニニムに任せてるのはまた別だな。まあ無関係ってわけでもないんだが……」

　フラーニャの頭を撫《な》でながらそう答えていたウェインの脳裏《のうり》に、一つ閃《ひらめ》くものがあった。

「そうだフラーニャ、どうして俺《おれ》が帝国から武器を買ってるか解るか？」

　せっかく興味を持ったのだから、簡単な教材にするのも悪くない。問いかけられたフラーニャもウェインの意をすぐに理解したのか、すこし考えてから言った。

「……ナトラ王国で作った武器より、帝国の武器の方が質が良いから？」

「正解の内の一つだな。とはいえこれはナトラが特別悪いのではなく、軍事大国だけあって帝国のが特別質が高いんだ。他には？」

「まだあるの？　ええっと……」

　フラーニャは眉根《まゆね》を寄せて考え込むが、なかなか答えが出てこない。やがて困ったような顔をウェインに向け、その微笑《ほほえ》ましい様子に彼は小さく笑った。

「あまり大きな声では言えないが、帝国に対する詫《わ》びだ。先日の取引で、少々ナトラ《うち》が持っていきすぎた」

「そうなの？　でもみんながお兄様の事を褒《ほ》めてるわ。帝国大使をやり込めたって」

　我がことのように誇らしげなフラーニャだが、ウェインは頭を振った。

「他国との外交は、一方的に利益《りえき》を得ればいいわけではないんだ。特に帝国との国力差を鑑《かんが》みれば、余計な敵意を持たれるのはできるだけ避けなくてはいけない。これが二つ目の理由だな」

　フラーニャは得心したように頷《うなず》き、それから首を傾《かし》げた。

「三つ目もあるの？　お兄様」

「ああ。それはな――」

ウェインが答えようとしたその時、

「失礼します！」

天幕に飛び込んできた伝令が、その場にいる全員に聞こえる声で叫んだ。

「マーデン王国が、我が国へ進軍を開始しました！」

フラーニャが驚きに目を見張った。

きたか、とラークルムは小さく呟《つぶや》いた。

そしてウェインは淡々と告げた。

「すぐに必要になるからだ」

◆◇◆

マーデンはナトラの西側に隣接する王国だ。

隣国であるにも拘《かか》わらず、国家間の交流は民間レベルに留《とど》まっている。大陸の中間に位置するナトラ王国だが、政治や思想的には東寄りであり、西側の諸国とはあまり仲が良くないのだ。

国土の規模はナトラと同等であり、小国である。当然国力も同じ――だった。少し前までは。

均衡が崩れたのは、マーデン国内における金鉱山の発見が原因だ。それにより近年のマーデンの国力は大きく飛躍していた。

しかもその金鉱山は、ナトラとの国境に比較的近い位置に発見されたのだからたまらない。ウェインは何度心の中で「ちくしょおおおお！」と叫んだことか。攻め入って奪うことも真剣に検討《けんとう》されたが、最終的には立ち消えた。

そのマーデンが今、ナトラに攻め入ろうとしている。

他国との戦争は実に十数年ぶりだ。訓練と領内の取り締まりしか経験していない軍人も少なくない。さぞ関係者たちは浮足立っているだろう――と思いきや、宮廷の会議室に集まったウェインと武将たちの顔に動揺は無かった。

「まさしく、お言葉の通りになりましたな」

「殿下の慧眼《けいがん》に感服いたします」

彼らが落ち着いていられる理由は単純だった。ウェインはマーデンが遠からず侵攻してくることを読み、武将たちとその対策を練っていたのだ。

「そんな難しいことでもないさ」

答えるウェインの言葉は謙遜《けんそん》ではなく事実だった。

現マーデン国王の評判は良くない。その荒れた統治は隣国であるナトラにも届いている。それでいて政治的失策から目を逸《そ》らし、自らを名君であると肯定する奸臣《かんしん》ばかりを侍《はべ》らせ、諫言《かんげん》を口にする忠臣を遠ざける。それが一層国内の荒廃に拍車《はくしゃ》をかけ、悪循環を起こしているのだ。せっかく見つけた金鉱山も、その損失を補うことに利用されている有様《ありさま》だ。先代の王が賢君であっただけに民の失望は一際《ひときわ》強く、不満は大きい。

そんなマーデンにとってみれば、今のナトラの状況は千載一遇《せんざいいちぐう》の好機だろう。国力は格下で、目障《めざわ》りだった帝国軍は帰還した。戦果という解りやすい功績を得るのにうってつけだ。

もちろん全ては勝てればの話であり——そうさせないための準備を、ナトラ側は十分しているわけだが。

「国境の警備隊はどうしてる?」

「はっ。ご指示通り交戦を避け、敵軍の調査に専念させています」

「よろしい、それではマーデンの兵力はどの程度だ?」

「報告では七千ほどだそうです」

武将の一人が答えた。

「一万を切ったか。想定の中でも一番少ないところだな」

「カバリヌを警戒してのことでしょう。あそこは血気盛んな国ですから」

マーデンと隣接している国はナトラだけではなく、カバリヌもその一つだ。もちろんマーデンの金鉱山を羨《うらや》んでいるのも、ナトラだけではない。

他国を侵攻するにあたって、防衛にどれだけ兵を残して出兵するか。戦国の世において、このバランス感覚は決して尽きることのない悩みである。

「対して迎え撃つための我が軍の兵力は六千。少々届きませんな」

「それだけいれば十分だ。装備は行き届いているな？」

「はい。さすが帝国の武具は良いものが揃《そろ》っていますな。これならばマーデンの装備に劣ることはありますまい」

事前に侵攻を予測していただけに、軍議は半ば確認と細部の詰め作業でしかない。

だからこそウェインは武将たちの言葉を耳にしながら、意識では別のことを考えていた。

（準備に不足はない。帝国辺りが余計な騒動を起こす前に動けたのは幸いだな）

皇帝の復帰による速《すみ》やかなナトラ従属の道は断たれた。さらに聞くところによれば、帝国は三人いる皇子の誰《だれ》が後を継ぐかで宮廷が割れ、内乱の気配すらあるとか。

しかしそれでもなお、ウェインは帝国は大国であり続けるとみている。その屋台骨が折れることはなく、国難を乗り越えて東の雄で有り続けるだろうと。

いずれ必ずまた帝国に国を売る機会が訪れる。ならばその時までにすべきことは、ナトラの国力を高めることだろう。国の価値が高ければ高いほど、売る時の値段も高くなる。それが隠《いん》居《きょ》後のエンジョイライフを左右すると言っていい。

（帝国式に鍛えられたナトラの兵。この強さと価値を証明するために、マーデンとの戦争は丁度いい。他の国への牽制《けんせい》にもなる。問題は勝てるかどうかだけど――）

兵を鍛え、地理を調べ、戦術を練った。マーデン国軍の情報も収集してある。万が一にも負けることはない。少なくともマーデン軍を叩《たた》き返すことはできるとウェインは確信する。

そして叩き返した後は速やかな講和だ。マーデンがこちらに侵略してきたのは、簡単に勝てると侮《あなど》っていたからこそ。藪《やぶ》を突いて蛇が出たとなれば、こんな不毛な国の土地を取りに来ることもないだろう。

（完璧《かんぺき》なシナリオだな……！）

以前の帝国との取引では、不幸な偶然が重なって目論見《もくろみ》が破綻したが、あくまで事故だ。今度こそ物事が自分の思い通りに進むことを予見し、ウェインは内心で小躍りした。

だが、もしもこの場にニニムがいれば、浮かれるウェインに周りを見るよう忠告しただろう。そしてウェインは気づいたはずだ。平然としている武将たちの根底に、緊張とは違う何かがあることに。

そもそも、ウェインが摂政となるまでのナトラ王国軍は、端的に言って不遇《ふぐう》だった。

国王が軍部を粗雑《そざつ》に扱ったわけではない。しかし長い間戦争と無縁だったナトラにおいて、軍人が功績を立てられる機会はごく僅《わず》かだ。自然と宮廷における発言力は低下していき、挙句《あげく》他国の軍人が我が物顔で国内を闊歩《かっぽ》する始末。彼らの忸怩《じくじ》たる思いは相当だ。

しかし、ウェインがそれらを変えた。

言葉巧みに帝国式の教練法を入手し、さらにナトラから帝国軍を追いだし、帝国の武器まで買い揃えて配布した。もちろんその政策には、政権が不安定な今、軍部の好感度を稼ごうというウェインの目論見が含まれており、それは軍部も承知していた。

承知した上で、軍部はウェインに感謝していたのだ。彼が想像するよりもずっと。遥《はる》かに。

そこに来て、このマーデン侵攻である。

「今こそ、ナトラの剣としての役目を果たす時！」

「摂政殿下のご期待に応《こた》えずしてなにが臣か！」

といった具合に、武将たちのテンションは最高潮だった。

もちろん、初陣《ういじん》だというのに平然としているウェイン——何せ彼は勝利を確信している——の前で、そんな鼻息を荒くするのは無様《ぶざま》というもの。武将たちは表向き、努めて落ち着き払っており、それが結果として両者の温度差を隠していた。

（殿下に完全なる勝利を捧《ささ》げよう！）

（軽く一当てしてさっさと講和だ！）

かくして、ウェインと武将たちはすれ違いに気づかないまま、マーデン軍との戦いを迎えることとなる。

◆◇◆

ポルタ荒原《こうげん》はナトラ王国西部の国境付近の土地である。

荒原と呼ばれる通り、砂と岩だらけの不毛な地帯だ。春先のため雪は積もっていないが、真冬となれば一面が銀世界と様変わりする。

その荒原を今、七千の兵士からなるマーデン軍が進軍していた。

軍の指揮を預かるのはマーデン王国の将軍、ウルギオである。壮年の男であり、厳《いか》めしい顔つきと鋭い眼差《まなざ》しは、さながら猛禽《もうきん》類のようだ。

「ふん。話に聞いていた通り、何もない場所だな」

馬の背から見られる景色を眺めながら、ウルギオはつまらなさそうに言った。

「宮廷の豚共の無能ぶりは度《ど》し難《がた》いな。こんな場所を切り取ったところで、何も得られまい」

「奴《やつ》らは自分たちが招いた失策から、民草《たみくさ》の目を逸らさせようと必死ですからなぁ」

苦笑いを滲《にじ》ませながら副官が応える。ウルギオは鼻を鳴らした。

「それならば、今回の遠征費用を民にばら撒《ま》いた方が目くらましになるだろう。そんなことも解らない連中が政治を司《つかさど》っているとは、ますます度《ど》し難《がた》い」

「無能なあいつらがそんなことをしたら、勢いあまって我らの飯種《めしだね》まで配りそうですなぁ」

「その時は、豚共を丸焼きにしてやろう。臭くて食えたものではないだろうがな」

二人が大笑いしていると、騎馬が一騎駆け寄ってきた。

「伝令！　四十キロメートル東にてナトラ王国軍を発見！　こちらに進軍してきます！」

「むっ……」

　ウルギオの目に光がよぎった。

「我らの予想よりも動きが早いですな」

「ふん。さすがは北の風見鶏《かざみどり》。機敏さだけは取り柄としてあるか。もっとも、足が早いだけで、槍《やり》を家に忘れてきてなければよいがな」

「しかし将軍、奴らは最近帝国に兵を鍛えられたと聞きます。油断すると手を噛《か》まれるやもしれません」

「案ずるな。鶏《にわとり》が鷹《たか》の飛び方を覚えたところで、所詮は鶏であることを、奴らはこれから身を以《もっ》て知るだろう。行軍の足を速めろ。獲物が自ら首を差し出しにきたのだ、さっさと片づけるぞ」

「ははっ！」

　副官が指示を飛ばす姿を横目に、ウルギオは東へ意識を向けた。

　経緯がどうあれ、自分はこの戦争の将軍として任命された。相手が虫けらのごときナトラ王国というのが物足りないが、功は功だ。せいぜい首を挙げさせてもらおう。

「少しは楽しませてくれよ、ナトラの弱兵ども」

　この荒れた大地がナトラ軍の血で染まることを確信し、ウルギオは獰猛《どうもう》な笑みを浮かべた。

一方その頃《ころ》、ナトラ王国軍にもまたマーデン軍発見の報告が届いていた。

「想定からは外れていないな」

「はい。我らは予定通りこの先の丘に向かうとしましょう」

馬上で地図を広げるウェインに頷くのは、同じく馬に乗って隣を進む老境《ろうきょう》の武将だ。名をハガルといい、ナトラの将軍である。

今回のナトラ軍の総大将はウェインだ。彼自身は武功などに興味はないし、それどころか武官の手柄を奪いかねないため、可能ならやりたくないとすら思っている。

が、なにせしばらく振りの戦争だ。どんな不測の事態が起こるか解らない。武力以外のことで何か起きた時に迅速《じんそく》に対応できるよう、自分がついていった方がいいだろうという判断である。

とはいえ、実際の戦場に出たことのない自分が指揮を執《と》るなどと言えば、さすがに兵士たちも不安になる。なので今回の戦争で実際に指揮を執るのはこのハガルだった。彼は元々他国の武将であり、有名な戦争にて何度も活躍した歴戦の名将である。

本来ならばナトラにいるような人材ではないのだが、数十年前、その華々しい人気を危険視した当時の主君によって命を狙《ねら》われ、逃亡の果てにナトラに流れ着いた過去を持つ。最近は一線から離れているものの、彼が指揮するとあれば、誰も不満には思わない。

（しっかしまあ、軍が金食い虫ってのは本当だな）

指揮をハガルに一任しているため、実質的に神輿《みこし》でしかないウェインは、これ幸いにと軍で消費されている物資の種類と量を検証している。そうして感じるのは、とにかく軍を動かすのには金がかかるということだ。

支払う俸給《ほうきゅう》はもちろん、兵士たちが口にする水や兵糧。馬や馬に食べさせる飼葉《かいば》や武具。他にも雑多な生活用品が山ほど。それをひっくるめた諸経費の精算を帰国したらせねばならないと思うと、「ヴァー」と死人のような呻き声が漏《も》れそうになる。

「如何《いかが》されましたか、殿下」

「ん、ああ……この戦争がどれほどで終わるかと考えていてな」

なにせ早く終われればそれだけ出費も抑えられる。世の中には戦争大好きな国王もいると聞くが、きっと算術が得意ではないのだろうなとウェインは思った。

「ハガルはどう思う？」

「難しいところですな。戦《いくさ》というのは蓋《ふた》を開けてみなくては結果は解らないものですから。……なるべく早い決着を殿下はお望みで？」

「早く終わるに越したことはないとは思ってる。が、それを求めるあまり勝利を遠ざけるようでは意味がない。そういう意味では……そうだな、俺が望むのは納得だ。たとえ時間がかかろうとも、この戦いこそが最良であったという納得が欲しい。どうだ？　ハガル」

「お任せください」

老人は孫ほどの少年に恭《うやうや》しく頭《こうべ》を垂《た》れた。

「必ずや、会心の戦をご覧に入れましょう」

「期待しよう。さて、そろそろだな」

ウェインの見据える先に、小高い丘が見えてきた。

◆◇◆

ナトラ軍、兵六千。

マーデン軍、兵七千。

岩と砂だらけの荒野の上で、両軍は向かい合っていた。

両軍の距離は十分に離れているにも拘わらず、既に戦場の空気は張りつめている。これからこの一万余りの人々が、互いの命を奪い合うのだ。

「殿下、布陣が整いました」

丘の上に設営された天幕にて、ウェインはハガルからの報告に頷いた。

「マーデンの方はどうだ？」

「向こうも準備はできているようですな」

「後は開戦を待つばかり、か」

「はい。そこで殿下、よろしければ開戦前に、殿下の御言葉を皆に頂きたく」

「構わないが、戦う前に兵を鼓舞《こぶ》する効果は侮《あなど》れないものなのか？　ハガル」

「もちろんです。軍と軍の戦いは文字通りの死域の世界。肉体以上に心の柱がすり減っていきます。それが折れないよう支えるのが将の言葉なのです」

　歴戦の将がそういうのならば反対する理由も無かった。それに兵士をちゃんと気にかけているアピールをしておけば、クーデター防止の一助にもなるだろう。

　とはいえどのように語ればいいか。考えながら丘の麓《ふもと》に居並ぶ兵士たちの前に立ち、彼らの様子を目にした時、心は定まった。

「ヘーノイのトレイス」

　ウェインが口にしたのは人の名前だった。

　声に反応したのは、並んでいる兵士の中の一人だ。突然王太子に呼びかけられたことに、驚きと戸惑いで目を白黒させている。そんな彼に向かってウェインは言った。

「槍、逆」

「え……あっ」

　指摘された兵士が自らの手元を見ると、槍の穂先が地面に、石突きが空に向いていた。彼は慌てて槍を回して穂先を空へ向け、直立不動《ちょくりつふどう》の姿勢に戻った。しかしその顔は真《ま》っ赤《か》になっており、誰かが噴き出したのを皮切りに、周囲に笑い声が伝染した。

が、そこにウェインの言葉が突き刺さる。

「カールマン、パテス、リビ、ログリー、笑いすぎだ」

一際《ひときわ》大きく笑っていた兵士たちが、ギョッとして口をつぐんだ。その様子がまた滑稽《こっけい》で、しかしここで笑えば自分たちが名指しにされるため、兵士たちは口を閉じたまま肩を震わせた。

(どうやら、緊張は解けたみたいだな)

先ほど一目見てウェインは彼らが強い緊張の中にあるのを感じ取った。

無理もない。自分も含めて、まともな戦場など初めての人間が大半だ。いくら訓練を積んでいるとはいえ、実践でしか学べないものは確かに存在する。

ともあれこれで第一段階はクリアした。ならばあとは士気を高めるだけだ。

「今日まで、我がナトラ軍は弱兵のそしりを受けてきた。あるいは、それは事実だったかもしれない。向こうのマーデン軍も我らをそう侮《あなど》っているだろう」

ウェインの声が兵士たちの間に響き渡る。

「だが、俺は知っている。お前たちが過酷な訓練を耐え抜いたことを。俺は知っている。お前たちが誰よりも気高い勇気を持っていることを。俺は知っている。侵略者を前にしたその心に、消えぬ炎が灯《とも》されていることを。——ならば、今のお前たちが弱兵である理由など、一つたりとも存在しない」

弛緩《しかん》した空気から一転。兵士たちに燃えるような高揚《こうよう》が生まれる。その熱をさらに煽《あお》るべくウェインは声を張り上げた。

「この一戦で証明せよ！　我らが北方に座《ざ》す竜であると！　大陸に響かせよ！　我らが地上最強の軍隊であると！　征《ゆ》くぞ！　今こそ歴史を塗り替える時だ！」

「「オオオオオオオオオオ！」」

天地を揺るがす歓声が響いた。

どうやら士気の向上はできたようだ。内心で一息ついていると、ハガルが馬を寄せた。

「お見事でした、殿下。私の激《げき》ではここまで火はつかなかったでしょう」

「少なくとも、緊張して武器を落とすことはなさそうだな」

ウェインの軽口にハガルは小さく笑った。

「時に、先ほど名前を呼んでいた兵士たちは仕込みですか？」

「馬鹿《ばか》を言え、即興《そっきょう》だ」

「ではたまたま名前を？」

「だいたい覚えてるだけだ。数十万も抱えている帝国じゃあるまいし、ナトラの兵士なんて全部ひっくるめても一万程度だしな」

「…………」

ハガルはとても奇妙な表情を浮かべた。

沸き立つナトラ軍の様子に、ウルギオは忌々《いまいま》しげに舌打ちした。

「風見鶏風情《ふぜい》が喚《わめ》き散らすわ」

「将軍、こちらも攻撃準備は整いました」

「うむ」

ウルギオは苛立《いらだ》ちを鎮め、整然と並ぶマーデン兵士たちに向き直った。数千の視線が集まる中、短気なところなど見せるわけにはいかない。

「聴け！　マーデンの勇士たちよ！」

兵士たちの腹の底まで震えるような声でウルギオは叫んだ。

「あれなるはナトラの雑兵《ぞうひょう》である！　勇気と蛮勇をはき違え、愚かにも我らの進撃に歯向かおうとするつもりだ！　だが北の田舎者《いなか》がどれほど集まろうと、真の精兵たる我らに勝てる道理など一つもない！」

ウルギオは剣を掲げ、呼応するように兵士たちも各々の武器を空に向けた。

「蹂躙《じゅうりん》せよ！　奴らの血でこの荒野を染め上げるのだ！　全軍、攻撃開始ぃ――――！」

七千の人間からなる咆哮《ほうこう》が空に木霊《こだま》し、一斉に地を蹴《け》った。


「きたか」

マーデン軍が動いた。それはまるで人で造られた津波だ。後方の本陣にいてもなお、刺すような圧力をウェインは感じた。

「全隊、構え！」

ハガルの指示により、ナトラ軍の歩兵たちが一斉に盾《たて》と槍を構える。攻め入るマーデン軍に対して、こちらはあくまで守備。その場を動かず迎え撃つ態勢。あちらが津波ならば、こちらは堤防だ。

マーデン軍が迫る。チリチリと肌が焼けつくようだ。

勝てる。勝てると確信している。が、それでも不安を抱いてしまうのが人の性《さが》だ。表向きは泰然《たいぜん》と戦局を見ているように装いながら、ウェインは内心で祈っていた。

（頼むぞー、上手《うま》くいってくれ）

両軍の距離が狭《せば》まる。加速度的に上がる心拍数。そして津波と堤防の先端が――

「「――――ん？」」

その瞬間、ウェインとウルギオは揃って目を見張った。

（おい……おいおいおい……！）

（ち、ちょっと待て……!?）

自らの目に映る光景に、両軍を挟んだ対極の位置にいる二人は、奇《く》しくも同時にこう思った。

（これは一体、どうなってる……!?）

◆◇◆

この戦場において、ナトラ軍が組んだのは典型的な横陣《おうじん》だった。

上空から俯瞰《ふかん》すれば、長方形の陣形がマーデン軍に対して横向きに敷かれているのが解っただろう。

対するマーデン軍も横陣の構え。ただし厚みを均等にしたナトラと違い、陣形の中央に兵力を割いている。中央を突破した後、反転して背後から一気に崩してしまおうという魂胆だ。

言うまでもなく、人間というのは側面や背面からの攻撃に弱い。それは規模が軍隊になろうとも同じことだ。ゆえに、敵軍の背後を取れれば、それは極《きわ》めて有利な状況といえる。

当然ナトラとしてはマーデンに応じて中央を厚くしたい。しかしここで純然とした兵力差が響いてくる。ナトラ六千対マーデン七千。数字的にどちらが有利かは明白だ。

そう、あくまでも数字的には。

兵の練度という、単純な数値では測れない要素が戦場にはあるのだ。

「ウルギオ将軍！　左翼のロシナ隊から救援要請が！」

「伝令！　サンセ隊が壊滅！　トロジー隊が援護に回っています！」

「将軍、右翼も苦戦してる模様です！」

矢継ぎ早に戦場の各所から届く情報は、その全てがマーデン軍の劣勢を伝えていた。

「馬鹿《ばか》な……」

ウルギオの口から零《こぼ》れたのは、状況へ対応するためのものではなかった。

しかしその言葉は、ここにいる全員が抱いていた困惑だった。

「なんだ、このナトラ兵の強さは……⁉」

（マーデン弱《よ》っぇええええええええええええええええええ⁉）

ウルギオとその幕僚が驚愕《きょうがく》に震えていた頃。

軍を挟んだ対岸に座るウェインもまた、途方もない驚きを抱えていた。

（何これ⁉　え⁉　何でこんなにボッコボコにしてんの⁉）

ウェインの言葉通り、戦場は一方的な展開となっていた。

ぶつかり合ったナトラ軍とマーデン軍。しかし激突の衝撃が冷めやらぬうちに、両軍の格差は如実に表れていた。

目の前の敵を討《う》つべく、ひたすらに武器を振り回すマーデン兵。そこには仲間との連携といったものはほとんどなく、半ば一人で戦っているようなものだ。

しかしナトラ兵は違った。たとえば敵が苛烈《かれつ》な攻撃を仕掛けてくれば盾で防ぎ、代わりに傍《そば》の仲間が攻撃に転ずる。逆に敵が防御を固めれば、仲間と連携して防御を崩す。そうしながら陣形を維持し、孤立せず、徹底して互いをサポートし合える位置で戦っている。

そう、見比べてしまえば明白なのだ。たとえ数は劣っていても、軍隊として圧倒的にナトラ兵が格上なのである。

「如何《いかが》されました、殿下」

ウェインの戸惑いに気づいたハガルが言葉を向けた。

「……いや、こちらの予想以上の奮戦《ふんせん》に驚いてな」

ウェインとて勝てるとは思っていた。しかしこの展開は予想の上を行く。

「ハガルはこうなると解っていたのか？」

「はい。物事に対する創意工夫というのは、必要があればこそ洗練されるものです。その点において、長年戦い続ける帝国が積み上げた兵士の鍛え方は、大陸で最も優れた教練の一つに位置するでしょう。事実、拝見した私も感銘を受けました。この方法で鍛えられたのならば、小競り合いしか知らない小国《こ》の兵に後れを取ることはない、と」

とはいえ、と老人は苦笑した。

「ここまでマーデンが弱兵とは私も少々驚きです。あるいは計略の布石《ふせき》かとも考えましたが、この様子ではそれもないでしょう。ですが殿下」

「ああ、あの話については忘れてない。……今のうちに削れるだけ削らなくてはな」

その時、右翼の方で一際大きな歓声が上がった。突撃を跳ね返されて足が止まったマーデン兵に対して、右翼のナトラ兵が襲い掛かったのだ。

「どうやらラークルムが動いたようですね」


ナトラ兵とマーデン兵がぶつかり合う右翼の最先端。

怒号と悲鳴。血の匂《にお》いと死体で溢《あふ》れかえるその只中《ただなか》に、騎馬に乗ったラークルムはいた。

「連携を崩すな！　仲間と連動して動け！」

「防御を固めろ！　補充部隊を送れ！」

「マーデンの奴ら、腰が引けてるぞ！　押し返せ！」

指示を飛ばすのはラークルムの部下の指揮官たちであり、受け止めるのは兵士たちだ。

ウェインたちが感じていた圧倒の手ごたえは、前線にいる彼らもまた抱いていた。

戦える。通用する。むしろ押している。それは帝国式に鍛えられた辛《つら》い日々に対する肯定を意味し、自然、士気はさらに上がっていく。

その士気の高さがさらなる指揮官の指示の鋭さと兵士の奮起を呼び、マーデン兵を一層押し返す。

今、ナトラ軍はノっている。もはや疑いようもないことだ。ゆえに指揮官たちは、右翼の将であるラークルムに進言した。

「ラークルム隊長、好機です！　打って出ましょう！」

「今なら敵の防御を崩して裏を取れます！」

「ラークルム隊長！」

矢継ぎ早に繰り出される進言に、しかしラークルムは俯《うつむ》いたまま反応しない。

指揮官たちが目を見合わせる。訓練において、好機だろうと劣勢だろうと淡々と的確な指示を出していくラークルムの姿を彼らは知っており、それは今の彼の姿と符合しない。何かあったのだろうかと、指揮官の一人がおずおずと手を伸ばした。

「隊長……？」

その手が彼の肩に触れると同時に、ラークルムは顔をあげた。

指揮官たちは思わずギョッとした。

ラークルムは、泣いていた。

大の大人が戦場で、部下の目があるのも構わず、双眸《そうぼう》から涙を流していた。

「ら、ラークルム隊長、一体」

なにが、と言いかけて。

瞬間、ラークルムの喉《のど》から凄《すさ》まじい咆哮が飛び出した。

「ウオオオオオオオオオオオオ！」

人間のそれとは考えられないほどの大音声《だいおんじょう》が、右翼にいるナトラ兵とマーデン兵の心胆《しんたん》を震わせた。彼らは一様に戦いの手を止め、思わず声の方角――すなわちラークルムを見た。

「私は……私は悲しい」

全兵士が注目する中、ラークルムの馬が前に出た。

「この戦は、栄《は》えあるウェイン・サレマ・アルバレスト摂政殿下の初陣……あの御方が歩む輝かしき道のりの第一歩……だというのに……だというのに」

朴訥な男の目に激情が宿る。溢れんばかりの怒り。見据えられるマーデン兵たちの体が震えた。

「なんだこの塵芥《ちりあくた》は……まるで雑草の駆除ではないか。こんなはずでは無かった……強く、狡《こう》猾《かつ》で、名のある獲物の血を捧げてこそ、殿下が纏《まと》う光輝の一片になりえるというのに……」

不意にラークルムが馬を下りた。

そのままつかつかと、無人《むじん》の野《の》を征くがごとく、立ち尽くすマーデン兵の前に立つ。

目の前に敵将が泣きながら一人で立つという異常事態に、マーデン兵は茫然《ぼうぜん》としたままだ。

「ああ、殿下……臣の不徳をどうかお許しください」

瞬間、ラークルムの長い両腕が鞭《むち》のようにしなった。

爆《は》ぜるような音が鳴り、ラークルムの前に立っていたマーデン兵の顔面が弾《はじ》け飛び、その肉体が宙を舞った。

「――せめて、この塵芥どもで亡骸《なきがら》の山を作りましょう」

そうしてようやく、その場にいた全員が我に返った。

「そ、そいつを殺せぇー！」

「ラークルム隊長に続けぇー！」

自分に向かって殺到するマーデンの兵士に、ラークルムは篭手《こて》に納められた拳《こぶし》を握り固めた。

「ラークルム隊、敵を押しています！　敵陣の崩壊も目前かと！」

伝令の報告に、ウェインは満足げに頷いた。

（あいつたまに暴走するんだけど、今回は大丈夫そうだな。よかったよかった）

自分が直接見出したからなのか、ラークルムは妙な忠誠心の持ち方をしている。それが本番でこじれないかと若干不安だったが、この様子なら大丈夫そうだ、とウェインは思った。

なお、後日詳細な報告を聞いて「馬下りて殴りかかるとか何やってんだあいつ……」とドン引きすることになるが、今のウェインには知る由《よし》もない。

（しかし、まずいな）

各所から優位であるという報告が相次いでいる。

だというのに、ウェインの内心には曇りが渦巻いていた。

（マーデンがさっさと見切りをつけて撤退してくれればいいんだけど、そうじゃないと……）

などと思い悩んでいると、ハガルの眼光が鋭くなった。

「殿下、兵の糸が切れ始めました」

うげぇ、と思わず漏れそうになった声を飲み込んでウェインは言った。

「間違いないか？」

「はい。……戦場が動きます。殿下も御心の備えを」

わかった、と短く頷きながらウェインは対陣を見据える。

その脳裏には、出発前にハガルに言われたことが思い起こされていた。

◆◇◆

「ナトラ兵が長くは持たない？」

「はい」

軍議の場にて、ハガルは淡々とウェインに告げた。

「帝国の教えにより、ナトラ王国軍は見違えるほど強くなりました。恐らく、開戦してしばらくはマーデン軍に対して優位を取れるでしょう。しかし三刻もすれば、その調子の糸が必ず切れます」

「なぜだ？」

「戦場を知らぬ兵が大半だからです」

ハガルは断言した。

「空気の冷たさ、流れ出る血、ぶつけられる殺意……戦場において心は肉体以上にすり減ります。すると視野が狭くなり、周囲の音が耳に入らなくなります。仲間との連携や命令への反応も鈍《にぶ》くなるでしょう。そうなれば我が軍の強さは半減すると言ってよいかと」

「あれだけ訓練してもか？」

「どれだけ訓練しようとも、です」

ハガルは小さく頭を振った。

「身を以《もっ》て体験しなくては解らないことが、戦場には多すぎるのです」

「……となると粘りはマーデンの方が上か。小競り合い程度とはいえ、戦争は体験している」

「はい。そしてよほどの愚将でない限り、こちらの糸が切れた隙《すき》を見逃すことはないでしょう。今回の戦争は、そうなるまでにどれだけマーデン軍の兵を削れるかが分岐点になります」

「できればよほどの愚将であることを期待したいところだな」

ウェインは嘆息しながらそう言った。

◆◇◆

もちろん、そんな一方的なウェインの願いが届くはずもなく、

（──圧力が落ちた！）

ナトラ軍の変調を、ウルギオはすぐさま感じ取った。

「将軍！」

「解っている！　十秒待て！」

ナトラ六千対マーデン七千で始まったこの戦い。

緒戦の劣勢によって今の戦力はおよそ五千対五千。ほぼ同等にまで落ち込んでいる。

ナトラ軍の圧力が落ちた今ならば、こちらの方が強く出られるだろう。

だがダメだ。それでは足りない。恐らく削り切れずに日の入りを迎え、仕切り直しになる。

そうなれば気力体力を回復させたナトラ兵とまた戦わなくてはならない。

（好機は今ここだ。ここしかない。ならば──）

（これはヤバい）

一方でウェインの焦燥《しょうそう》は最高潮に達していた。

理由はナトラ王国軍の勢いが衰えたことだけではない。

それによって、マーデン軍に逆転の一手が生じてしまったためだ。

修正しようにも時間がかかる。もしもその間に相手に動かれてしまったら──

（頼むから気づいてくれるなよ……！）

ウェインは心の中で天に祈った。

だがウェインの祈りもむなしく、素早く戦場を見渡したウルギオの目はそれを捉《とら》えた。

(正面が、薄い……？)

陣形を保とうと踏ん張っているナトラ軍。その中心部の兵力が減っている。

なぜ。理由を求めた脳裏はすぐさま回答を導き出す。こちらの左翼を崩すため、ナトラ軍は右翼側に中央の兵力を回したのだ。しかし攻め切る前に軍の勢いが落ち、結果として中央を薄くしたまま膠着《こうちゃく》状態に入ってしまったのだろう。

ウルギオの脳裏に勝利までの絵図《えず》が浮かぶ。いける。確信を抱いた瞬間、彼は叫んだ。

「両翼の将に、そのまま乱戦に持ち込み相対してる敵部隊を足止めしろと伝えろ！　中央は陣形の再構築だ！　完了次第突撃する！」

「はっ！　狙う場所は⁉」

「決まっている」

ウルギオはぎらつく目を彼方《かなた》に向けた。

「総大将の首だ！」

(あくそっ！　来るんじゃねーよ！)

放たれたマーデン中央軍の突撃。

騎馬を主軸にしたその一撃が、兵が減ったナトラ中央軍の陣形に深々と食い込んでいた。

マーデンは止まらない。陣形の傷口から押し込んでくる。防ごうにも兵がなく、乱戦状態となった両翼から兵を呼び戻すこともできない。

中央が突破される。その数は千人ほどだろう。対して丘の上にはウェインとハガル、そして百人程度の近衛《このえ》しかいない。

「殿下、後退いたします。お早く」

「解ってる」

もはやこれしか道は無い。

ハガルの指揮の下、ウェインたちは後退を開始した。

「将軍！　奴ら本陣から逃げて行きます！」

「無様《ぶざま》な、潔《いさぎよ》く散ればいいものを。敵は少数だ、追うのは騎馬だけでいい！　歩兵は中央の足止めをさせておけ！」

「ははっ！」

ここでウルギオは歩兵を分断。およそ四百騎の騎馬隊だけでウェインたちの背を追いかける。

瞬く間に丘を駆けあがり、本陣があった場所に到達。捉えたのは、丘の背後にあるいくつもの岩山と、その一つの陰に潜り込もうとする近衛部隊の姿だった。

「さらに逃げ隠れするつもりか……だが大半が重装歩兵なのが裏目に出たな！」

ナトラの本陣にいた近衛の大半が盾と槍を備えた歩兵だ。それでは馬の脚から逃げきることはできない。

「奴らが岩に隠れる前に背を討つ！　行くぞ！」

ウルギオは再び檄《げき》を飛ばし、騎兵を引き連れて丘を駆け降りる。

近衛部隊との距離は瞬く間に縮まり、観念したのか、近衛たちは足を止めて反転。ウルギオたちに向かって防陣を構築する。

だがその防御はあまりにも薄い。衝突すれば一撃で突破できるだろう。

ウルギオは勝利の確信と共に雄叫《おたけ》びを上げ——


「だから来るなって言ったのに」

ウェインは、誰にも聞かれぬよう悪態《あくたい》を吐《つ》いた。

「これじゃ、完勝しちまうだろうが……！」


そしてニニム・ラーレイは、兵たちに指示を出した。

「——弓隊、放て」

岩山の上から、マーデン兵目がけて矢の雨が降《ふ》り注《そそ》いだ。

◆◇◆

フィシュの自宅に補佐官が飛び込んできたのは、ナトラとマーデンが開戦したという情報に目を通していた最中のことだった。

「――大使、大変です！」

「どうしたのそんなに慌てて」

「例の王太子について、とんでもない資料を入手したんです！　これを見てください！」

補佐官が突きつけられた資料を受け取り、フィシュは視線を落とす。

「以前閲覧した王太子の資料に、妙な欠落があると大使は言っていたじゃありませんか。その答えがこれだったんです！」

補佐官の言葉を耳で受けながら資料を読み進めていたフィシュは、目を見開いた。

「士官学校に在学……!?」

「ええ、あの王太子は二年間、我が帝国の士官学校に通っていたんですよ！」

まさかという気持ちがフィシュの中で強く渦巻く。しかし資料は間違いなくそれを事実だと告げていた。

「軍機《ぐんき》の塊《かたまり》ともいえる士官学校に、どうして属国でもない国の王族が……」

「詳細はまだ解りませんが、周囲には王太子としての身分は隠して、市井《しせい》の人間として通っていたようです。教師などは彼の身分を知っていた節がありますが」

「彼はどうやって入学を？」

「帝国にいるフラム人の高官が便宜《べんぎ》を図ったようです。フラム人にとって、ナトラ王国は迫害されていた自分たちを早くから受け入れてくれた国ですからね。帝国で立場を得たとはいえ、同族を多く庇護《ひご》している国の王族には思うところがあったのかと」

ありそうな話だ。フラム人の同族意識は特に強い。

しかし腑《ふ》に落ちない点がある。

「けれど、そうだとしても資料から情報を削除するほどかしら？　確かに問題ではあるけれど」

「ところがそれだけじゃ無いんです。続きを見てください」

補佐官に促され、フィシュは資料のページをめくる。そこにあったのは、学校で行われた過去二年間の試験の結果だ。

「これは……」

フィシュは我が目を疑った。文学、歴史、数学、剣術、戦史——学校で課されるあらゆる試験で優秀な結果を出し、主席の位置に立つ一人の生徒の名前が塗《ぬ》り潰《つぶ》されていたのだ。

「入手した時点でそうなっていました。その主席の存在は、意図的に消されたんです」

なぜそのようなことをしたのか。

抱いた疑問に向かって、雷鳴のごとき閃《ひらめ》きが落ちた。

「消したのは、これが理由なのね。外国人、まして他国の王族が、他の帝国人を差し置いて頂点に君臨していたという不名誉を、無かったことにするために……！」

なんということだろうか。こんな馬鹿げたことがあるだろうか。

帝国は自らが育てあげていたのだ。己《おのれ》の喉元《のどもと》に届きうる牙を。

そしてその牙の名前こそが。

「ウェイン・サレマ・アルバレスト……！」

◆◇◆

眼下のマーデン兵たちは総崩れの状況だった。

どれほど精強を誇る軍であろうとも、奇襲を受ければ浮足《うきあし》立つ。まして頭上から間断なく矢が降ってくる中で、冷静でいられる人間などどれほどいようか。

いるとすればそれは相応の訓練と実戦を経た指揮官や兵士くらいであり、この状況で彼らが真っ先にすることといえば、将の周りを固めることだろう。

それゆえに、岩山の上から見つめるニニムの目には、敵将の居場所が手に取るように分かった。

「弓隊はそのまま敵兵を追い散らしなさい。騎馬隊、行くわよ」

「はっ！」

ニニムの号令の下、隠れ潜んでいた騎馬隊が一斉に岩山を駆け降りた。

動揺し統率が取れず、足も止まっているマーデン兵に成す術《すべ》はない。突撃してきた騎馬隊に次々と討ち取《と》られていく。

「順調ですね、隊長！」

「当然よ。そうなるよう崩したのだから」

淡々と答えながら、ニニムは自分がここにいることになった発端について思いを巡らせた。


「──兵を伏せておく？」

「そ」

マーデンが侵攻を始める半月ほど前。

会議室にて、ウェインはニニムにそう告げた。

「もうじきマーデン軍が攻めてくる。互いの進軍速度の予測からしてぶつかり合う場所はここ、ポルタ荒原だ」

机の上に地図を広げ、ウェインはその内の一点を示す。

「ポルタ荒原は岩山や丘が点在してて、兵を隠すにはうってつけだ。ここに予《あらかじ》め兵を伏せて、奇襲に使う。で、その指揮をニニムにやってもらいたい。軍部の方にはもう話を通してある」

「……疑問がいくつかあるわ」

ニニムが手を上げて言った。

「まず、マーデンが攻めてくるのは間違いないの？」

「間諜《かんちょう》からの報告を纏《まと》めるとそこに収束する。間違いなく一カ月以内にマーデンは攻めてくる」

「隠す兵の数は？」

「信頼できる奴を選抜して、だいたい七百から千程度。これ以上の大兵力は隠しておけないし、こちらの兵力が用意できるはずの数よりだいぶ少なければ、相手も警戒をするからな」

「その数だと本当に奇襲用ね」

「ああ。相手の主力を釣りだしたところで側面を突く……って使い方が理想だな。実際どうなるかは戦況次第だけど」

「実際に出陣してから先行して隠すのじゃダメなの？」

「本隊には向こうの間諜も入ってるだろうから、出陣してから分離させるとどこかに伏せていることがバレる。それじゃ奇襲の効果は薄い」

ウェインの滞《とどこお》りのない返答にニニムは頷いた。ここまでは問題ない。が、一番気になるのは次だ。

「最後に、私がやる理由は？」

「あっれー⁉　ニニムさんできないのー⁉　いつもエリート風吹かして何でもできますよみたいな顔してるのにそっかー！　できないんだー！　……あ、やめ、痛っ、痛い！」

「真面目《まじめ》に」

「解った、解ったから俺の指をあらぬ方向に曲げるのはやめろって！」

ニニムから解放された手を振りながらウェインは言った。

「そんな複雑な理由じゃない。これをこなすには、一カ月間、千人弱の兵士の息を潜めさせる統率力が必要だ。だが、有力な将をここで使うと本隊の運営に差し支えるし、この大一番に姿が見えないことで相手に警戒される可能性もある。その点、ニニムなら統率できるし、姿が見えなくても軍事的脅威には思われないだろ？」

「確かにそうね」

ニニムは対外的にはウェインの補佐官であり、文官だ。しかし軍を率いる将としての教育も受けている。兵士たちの方も、代々王家を支える一族のニニムを軽んじることはそうそうしない。

「というかもっとハッキリ言うと、ニニムとラークルム以外の将はいまいち信用がな。あいつらが忠誠を誓ったのは親父と親父が運営していた王国であって俺のじゃない。こういう気配りが必要な役割を振るのはまだ微妙だ」

「そんなことはないと思うわよ。彼らはちゃんとウェインに忠誠心を持ってるわ」

「いーや！　そうやって油断してるとすぐクーデターされる！　歴史が証明してることだ！」

警戒心を剝《む》き出《だ》しにし、いもしない敵に向かって威嚇《いかく》するウェインに、ニニムはやれやれと内心で頭を振った。この様子では、ウェインと武官との間に信用という名の架け橋が繫《つな》がるのはまだ遠そうだ。

「まあ、どうしても無理そうなら俺がやるって手もあるけどな。ニニムなら俺がいない間の政務の采配もできるし」

「それは……さすがに有り得ないわ。ウェインがいなくなったら誰が本隊の指揮を執るのよ」

「いや、そもそも今回の戦《いくさ》じゃ指揮の方はハガルに預けるつもりだ。軍人が功績を上げるせっかくの機会に水を差したくないしな」

「……大丈夫なの？」

「ハガルの爺《じい》さん滅茶苦茶《めちゃくちゃ》強いから安心しとけって。特にあの人の野戦《やせん》はヤベーぞ。もしぶつかり合うことになったら俺は即行《そっこう》逃げる。——と、話が逸《そ》れたな」

ニニムは頷き、本題の結論を言った。

「やっぱりウェインにそんなことをさせるぐらいなら、私がやるべきね。いいわよ、兵を引き連れて潜伏しとく」

「任せた。活躍する機会があるかどうかは半々ぐらいだけどな。俺としては、ほどほどに勝てればいいし」

「そこは圧勝を望むところじゃないの？」

「勝ちすぎるとそれはそれで問題なんだよ。……まあ、そんなことは起きないだろうから別にいいや。早速準備を始めようぜ」

ニニムは頷いた。潜伏場所の選定。兵の選抜。潜伏最中の食料の手配等、やることは多く、全て秘密裏にこなさなくてはならない。

ただ最後に一つ、ニニムは懸念《けねん》を口にした。

「ちなみに……私がいなくてちゃんと仕事回る？」

ウェインはにっと笑った。

「帰ったら修羅《しゅら》場《ば》だ」


（……どれだけ仕事が溜《た》まっているのやら）

苦笑を浮かべながらニニムは部下と共に馬を走らせる。

ニニムたちが目指すのは、一塊になって離脱しようとする数十人のマーデン兵たちだ。その中心に敵将――ウルギオの姿はあった。

「て、敵が来るぞ！」

「将軍をお守りせよ！　前を固めるんだ！」

マーデン兵たちは急いで防御を固める。しかし、

「――薄い」

ニニム率いる騎馬隊は、呆気《あっけ》なくその防御を吹き飛ばして突入した。

抵抗するマーデン兵を蹴散《けち》らし、勢いを殺すことなくニニムたちは中心へ。そこにいたウルギオは迫る敵兵に向かって剣を振るうが、馳《は》せ違いざま、逆に腕を切り落とされて落馬した。

「ぐっ、があああああ……！」

痛みにウルギオが絶叫する中、ニニムは馬を止め反転。周囲をナトラ兵に守らせながらウルギオを見下ろした。

「貴方《あなた》が将ね？」

汗と泥、そして苦悶《くもん》に汚れながらウルギオはニニムを見上げる。

「そ、その声……それに白い髪……」

「降伏しなさい。すぐに治療すれば、助かる見込みはあるわよ」

ニニムの淡々とした勧告に、しかしウルギオは激高《げっこう》した。

「降伏……降伏だと……!?　ふざけるな！」

腕の傷口から血が溢れ、今にも絶えそうなほど呼吸が荒れてなお、ウルギオは吼《ほ》えた。

「俺はマーデンの将軍だ！　女、それも灰被《はいかぶ》りごときに降伏などできるか！」

「そう」

ニニムの剣が振り抜かれた。

剣の軌跡はウルギオの首を通過し、一拍遅れて、その首が滑るようにして地面に落ちた。

「首を掲げて討ち取ったことを触れ回って。……それと、そいつの末期《まつご》の言葉は決して口外しないように」

「了解しました。敵将は死の間際《まぎわ》まで無口な男であったと記憶します」

「それでいいわ」

副官が首を掲げて勝鬨《かちどき》を上げた。

ナトラ兵が雄叫びで応え、残るマーデン兵から戦意が失われていく。

それを見届けながら、ニニムは岩山の陰に目を向けた。そこにいたのはウルギオたちを見事に釣りだした本営の兵士たちであり——その中心に立つ少年に向かって、ニニムは大きく手を振った。


「殿下、上手く行ったようです」

「みたいだな」

蜘蛛《くも》の子のように離散するマーデン兵。指揮官を失った彼らにもう抗《あらが》う力はないだろう。

奇襲用に準備していた伏兵とはいえ、まさか見事に敵の大将を釣りだして討ち取れるとは、ウェインも予想外だった。

「この戦、ほぼ決したか?」

問いにハガルは頷《うなず》いた。

「敵将を討ち取ったのは丘の裏ですから、丘の向こうで戦っている本隊にはまだ届いていません。なので素早く我らの無事と将の戦死を触れ回る必要がありますが、それさえこなせばマーデン軍は撤退するでしょう」

「解った。ではそうするとしよう」

「はっ」

ハガルの指示で部隊は動きだす。

この後、ウェインたちはニニム率いる部隊と合流して丘の上に戻った。

丘の裏に消えた総大将の帰還と敵将討伐《とうばつ》の報《しら》せにナトラ兵は大きく勢いづき、逆にマーデン兵の士気は底へと転じた。

加えてウルギオと共に指揮官も多く討ち取られていたため、彼らを纏める力を持つ者はおらず、マーデン軍はそのまま潰走《かいそう》することとなる。

かくしてポルタ荒原で始まった両軍の戦いは、僅か一日でナトラ側が圧勝するという形で決着を得る。参戦したナトラの兵は誰もが勝利に沸《わ》き、栄光という名の美酒に酔った。

だが、ただ一人。

(どーしたもんかなぁぁぁぁ……)

ウェインだけは、これから先に起こる展開を思い、一人暗澹《あんたん》たる気持ちを抱えていた。

第三章

過ぎたるはなお

「はああああああああああああああ…………」

机に突っ伏しながら、ウェインは亡者《もうじゃ》の吐息《といき》のごとく陰鬱《いんうつ》な気を吐いていた。

傍《かたわ》らに立つのはニニムだ。戦場と違い、その身に具足《ぐそく》は纏《まと》っていない。

普段ならばウェインの気力が足りていない時は、ニニムがあの手この手で奮起《ふんき》させようとするのだが、今日は事情が違った。

「……困ったことになったわね」

眉根《まゆね》を寄せているのはウェインだけではなく、ニニムもだった。

「出発前にウェインが言っていたこと、ようやく理解したわ」

なんか言ったっけ、という顔をするウェインに、ニニムは先日のことを思い出しながら告げた。

「勝ちすぎるとよくない、ってやつよ」

「速《すみ》やかに逆侵攻を仕掛けるべきです！」

発せられた指揮官の言葉は、およそここにいる大半の人間が思い描いたものだった。

「侵攻してきたマーデン軍を打ち破った今、マーデン東部は完全な無防備！　今ならばマーデンの領土を大いに切り取れます！」

ポルタ荒原《こうげん》の戦いが決着したその夜。

今後の方針を決める軍議において、各指揮官たちは大いに気を吐いていた。

「同感だ。兵たちの被害は少なく、短期で決着したゆえに物資の消費も少ない」

「マーデンの連中が置いて行った糧食も回収したからな。喰《く》いすぎて兵たちの腹が破裂してしまうかもしれん」

軍議の場に笑い声が満ちる。

彼らの間にあるのが先の快勝からくる余裕なのは間違いない。

浮かれている、と断じるのは容易《たやす》いが、致し方ない側面もある。国内の日陰者《ひかげもの》だった十数年。ようやく勝利と栄光という名の光を浴びることが叶《かな》ったのだ。彼らも人の子である以上、喜びに打ち震えるのは当然だろう。

さらにいえば今回の戦《いくさ》が防衛戦ということもある。戦とは領土を取ってこそ利益《りえき》を得られ、防衛においてはあまり旨味《うまみ》がない。実利の面でも踏み込みたいという思いはあるのだろう。

が、

(冗―――――――談じゃねえ!)

上座《かみざ》に座るウェインは、場の空気と正反対の心境にあった。

(予定のない行軍《こうぐん》計画を立てるのがどんだけリスク高いと思ってんだ!)

ポルタ荒原はナトラ王国の領内であり、地形の詳細な地図もある。どの道がどこに繋《つな》がっているか、川や山の配置、地面の傾斜、村や町がどこにあるかなど、事前に知ることができる。それによってスムーズな進軍や補給が可能になるのだ。

しかしマーデン国内になれば話は変わる。簡易な地図こそあるものの、精度は自国のものと雲泥の差だ。あるはずの村がない、調べた時より川のカサが増えて渡れない、記されていた道が潰《つぶ》れている――そんなことがザラであり、また身軽な一人旅ならばどうとでもできることでも、数千人の集まりとなれば、方向転換の一つだけでも時間と労力がかかる。

そうしてモタついていれば、いつの間にか兵の士気も下がり、補給も滞って物資も減り、マーデン側も兵を改めて用意してくるだろう。それぐらい危険なことだ。

(でも、そう言えないんだよなあああああ!)

これが痛み分けの勝利だったのならば、ウェインの指摘に多くの将が頷《うなず》いたはずだ。

だが今の空気で口にすれば、将たちの目にはいかにもウェインが弱腰で、戦を知らない凡百《ぼんぴゃく》であるように映る。彼らの忠誠心が雪崩《なだれ》のように落ちていくのは間違いなく、行き着く先はクーデターだ。

(どうにか俺《おれ》以外の誰《だれ》かに止めてもらうしかない……！)

苦《くる》し紛《まぎ》れの作戦だが、ニニムは使えない。今もウェインの一歩後ろで控えているものの、その立場はウェインの補佐官だ。部隊を指揮していたのはあくまで一時的なものであり、既に指揮権を返上している。この場において発言権はない。

となると候補は一つしかない。ウェインは少し離れた席に座るラークルムに視線を向けた。

(ラークルム！　おい、ラークルム！)

視線に気づいたラークルムが何事かとウェインを見る。

(今の軍議の流れはまずい。お前が横やり入れてどうにか冷静にさせろ！)

(……なるほど。殿下《でんか》の意図、しかと伝わりました)

視線だけでやり取りしていたところに、折よくラークルムに水が向けられた。

「ラークルム殿、貴殿《きでん》はどう思われる？」

(頼むぞラークルム！)

(お任せください)

ラークルムは小さく頷き、言った。

「無論、一気呵成《いっきかせい》に攻め込む他《ほか》にあるまい！」

(違《ち》っげ————よバカ！)

ウェインは内心でラークルムを張り倒した。

(なんで後押ししてるんだよ！　やりましたぞ殿下《でんか》みたいな笑顔向けてくるんじゃねえ給料減らすぞこの草食獣野郎！)

もはや議場は侵攻一色だ。ここから自分が異を唱えたところで覆すことはできないだろう。

そう、異を唱えるのではダメだ。しかし違う方向からアプローチはできる。

(できれば使いたくなかったが、もう四の五の言ってられん！)

ウェインは決意と共に口を開いた。

「──諸君の意見は解った」

その場にいる全員の動きが止まった。

高揚していた室内の空気が一転して静まり返り、あらゆる視線がウェインに向かう。

「ハガル」

ウェインは隣の席で黙然としているハガルの名を呼んだ。

「大勝した今、我らに大きな流れがあるという皆の主張は理解できる。しかし、予定のない行軍でどれほどの負荷が軍にかかるのか、経験がない俺には正しく計《はか》れん。意見を聞きたい」

「はっ……」

老人は恭《うやうや》しく頷《うなず》いた。

「我が軍の勢いは長くは続きません。勝利の余韻《よいん》が晴れた後、兵士には強い疲労が圧《お》し掛かるでしょう。その時、帰路についていれば気力で移動することはできましょうが、終わりの見えない侵攻の只中《ただなか》では、必ずや彼らは膝《ひざ》を突きます」

「むっ……」

「ぬう……」

指揮官たちが一様に渋い顔をする。水を差されたのだから当然だ。しかしこの場で最も戦場の経験を積んできたハガルの言葉は、そう軽々《けいけい》と否定《ひてい》することはできない。

(ここまでは予想通り――!)

手ごたえを感じつつも問いを重ねる。

「では、撤退すべきだと思うのか?」

そうだと言ってくれれば楽になるが、恐らくはそうはならない。

ウェインの予想通り、老人は頭を振った。

「今が好機であることは間違いなく、みすみす逃すのも愚《おろ》かかと。……必要なのは、漫然《まんぜん》と侵攻することではなく、兵士の気力と体力を見切り、明確に狙《ねら》いを絞ることです」

「……皆に異論はあるか?」

ウェインの呼びかけに居合わせた指揮官たちは沈黙で応《こた》えた。

「結構。それならばハガルの意見を踏まえた上で、一つ俺から提案がある」

皆の前に置かれた近隣の地図をウェインは睨《にら》む。

「知っての通り、この地域は恵まれた土地ではない。それはナトラ領だけではなく、マーデン領も同じだ。マーデン東部で戦略的な要所は多くない。そして我が軍の体力を踏まえ、到達可能な地点にあり、かつ攻め落とす意味がある場所となると――」

ウェインは地図の一か所を指示した。

そこはマーデン東部の山岳地帯。少し前までは何の価値もなく、しかし今は最重要拠点の一つ。

「――ジラート金鉱山。狙うのだとしたら、ここしかないだろう」

ざわめきが指揮官たちの間に広がった。ウェインを前にして隠しきれない困惑がそこにはある。

一変した空気に、ウェインは内心で会心《かいしん》の笑みを浮かべる。

(そうだろう、そういう反応だよな。――どう考えても金鉱山は無理筋！)

ジラート金鉱山は現在のマーデンの要所も要所。下手すれば王都よりも重要だ。詳しくは調べていないが、防備が堅牢《けんろう》であることに疑いの余地はない。

そんなろくな調査も行われていない場所に、戦の疲労を残したまま攻め入る。いくら戦略的価値があるとはいえ、無理無駄無謀ここに極《きわ》まるというものだ。もちろんウェインはそのことを解っている。

ではなぜ提案したのかといえば、指揮官たちにこの進軍の意味が薄いと思わせるためだ。

指揮官たちはこう考えるだろう。金鉱山は無理だ。攻めるなら別のところしかない。だがどこを攻める？　金鉱山と同じぐらい価値のある場所が東部にあるか？

無い。無いのだ。東部に金鉱山以上に重要な拠点は無い。そうなると途端、他の候補が見劣りするように感じる。小さな砦《とりで》や村など占拠したところで、金鉱山に比べればどれほど無価値か。それを意識した時、指揮官たちのテンションが下がるのは自明《じめい》の理《り》だ。

(無理筋を提案した俺の評価が多少下がるだろうけど許容範囲！　これで撤収に持ち込めると思えば安上がりってもんだ)

我が策成《さくな》れり。ウェインは内心でガッツポーズを取った。

「……殿下」

指揮官の一人が固い面持ちで口を開いた。恐らくどうやってウェインの提案が無茶であると納得させるか頭をフル回転させていることだろう。指揮官のメンツを潰《つぶ》さないよう、いかにも忠臣の諫言《かんげん》に心を打たれたかのような態度を取るべく、ウェインは気持ちを整えて——

「御慧眼《ごけいがん》、誠に感服いたしました」

「え？」

全く想像の範囲外の言葉に、目を瞬《しばたた》かせた。

「ジラート金鉱山……まさしく殿下の仰《おっしゃ》る通り、狙うのならばここしかありませんな」

「いやあ驚き申した。——まさか、我らが以前より密《ひそ》かにジラート金鉱山奪取計画を練っていたことを殿下がご存知だったとは！」

「え？」

「最新の調査では鉱山の陣地は脆弱《ぜいじゃく》で、詰めている兵士は千に満たぬとのこと。進軍経路も十分に検証してあります」

「戦に絶対はありませぬが、挑むに値しますな」

「我らが勝利で浮かれている間に、殿下は奪取計画の実施の可能性に思慮《しりょ》を巡らせていたとは。臣として恥じ入るばかりです」

「それでは殿下、早速進軍の下知を！」

「このままジラート金鉱山に攻め入りましょう！」

「殿下！」「殿下！」殿下！」

「…………………」

ウェインはひきつった笑みを浮かべながら、傍らに立つニニムをそっと見た。

（……ニニム、ヘルプ）

ニニムはしっとりと微笑《ほほえ》んだ。

（ごめん無理）

かくして、ナトラ王国軍によるマーデン侵攻が決定した。

◆◇◆

「ほどほどの勝利だったなら、ストップかけられたんだけどなぁ……」

ぐんにょりと呻《うめ》くウェインにニニムは申し訳なさそうに言う。

「あるいは、敵将を捕縛《ほばく》できていれば速《すみ》やかに戦後交渉を始めて、和睦《わぼく》に持ち込めたかもしれないわね。……ごめんなさい、ウェイン」

「降伏勧告をして無視されたんだろ？　そりゃ仕方ないさ、気にすることじゃない」

「……そうね」

「問題はこの後だ。まずは金鉱山の守備状況が欺瞞《ぎまん》じゃないか再確認して」

「補給線を見直して、兵の士気を可能なだけ高めに維持し続けて」

「マーデン側が対処する前に、金鉱山を奪い取る」

口にするのは容易《たやす》いが、どれほど難しいことか。

たとえ事前に計画を練っているとはいえ、連戦だ。必ずどこかで躓《つまず》く。だが躓けば、それを理由に撤退に現実味を与えられる。

そうウェインは考えていたし、ニニムもそうなるだろうと思っていた。

――だが。

「取っちゃったんだよなぁ」

「取っちゃったのよねぇ」

二人は揃《そろ》って、部屋の窓枠から外を見る。

見えるのは、星の浮かぶ夜空の中で、天を貫くようにそびえる巨影。

影の名はジラート金鉱山。マーデン国の金脈であり、今日、ナトラ王国軍によって占拠された鉱山だった。

二人がいる場所は、鉱山の麓《ふもと》にある屋敷の一室なのである。

「……まさかここの守備兵があんなに弱いとは」

「びっくりするぐらい弱兵だったわよね……軽く一当てしただけで逃げちゃったし」

「大方、ここを管理してた人間が予算を中抜きしてたんだろうな。マーデン王もきちんと監視しとけよ……」

「言っても仕方ないわよ。それより、どうするかを考えないと」

「そうなんだよなぁ……」

予想外で、かつ特大の問題に、ウェインとニニムは揃って唸《うな》り声をあげた。

◆◇◆

マーデン国のエリスロー宮殿といえば、マーデンの成金《なりきん》ぶりを象徴する建築物である。

金鉱山の収入に気をよくした今代のマーデン国王、フシュターレ王の指揮によって着工され、高名な技師、高価な資材、潤沢な資金が惜しげもなく用いられた。出来上がるのは歴史に残る素晴らしい宮殿になると、関係者の誰もが思っていただろう。

しかし残念ながら、一流の人間と資材と資金が集められたこの場所には、三流の国王というどうしようもない異物が混ざっていたのである。

人間誰《だれ》しも取り柄があるという。フシュターレ国王の取り柄が何なのかは不明だが、少なくとも芸術方面でないことはこの件で証明された。王という絶対的な権力を持つ彼は、使い古された硬貨よりも薄い知識と偏狭な美意識をこれでもかと設計図に盛り込み、鼻を高くしながら職人たちに突きつけたという。

およそ児戯《じぎ》に等しい設計図を、王の機嫌を損ねないようあらゆる技巧と言い訳を駆使して見れる形に直した職人はさすがの一言だ。彼らにとって全く名誉ではない形ではあるものの、その腕前が本物であることは内外に示された。

しかしいかに名工であっても限界はある。人が行き来しにくい途切れ途切れの導線、内装デザインの不一致、飾られる調度品の統一性のなさ——芸術美としても機能美としても三流の建物であることは、少し目端《めはし》の利《き》く者ならば明らかだった。

唯一の救いといえば、フシュターレ王が少しの目端すら持たない人物であることと、宮殿に仕える人々がそれを指摘しないだけの分別《ふんべつ》を持っていたことだろう。かくして裸の王様は、自らが造った完璧《かんぺき》な宮殿の玉座にふんぞり返ってご機嫌でいられるわけである。

しかしそんなある意味平和な光景は、ここ数日の宮殿からは消え去っていた。

「なんたることだ、なんたる……」

無意味に長いことで知られるエリスロー宮殿の西回廊を、壮年の男性が速足で進んでいた。丸い。とにかく丸い。足が短ければ腕も短く、その上で胴体と顔立ちが丸みを帯びていて、蹴《け》り飛ばせばさぞ綺麗《きれい》に転がることだろうと思わせる体型だ。

彼の名はジーヴァ。マーデン国の外交官の一人だ、今や王宮でも少数派となった、生《は》え抜《ぬ》きの臣下でもある。

「早く、一刻も早く……！」

青ざめた表情で何度も呟《つぶや》くジーヴァは、やがて広間に到着する。そこは壁の隅から柱の陰まで意匠を凝らした、エリスロー宮殿においても一際贅沢《ひときわぜいたく》に造られた場所であり、フシュターレ国王のお気に入りの場所だ。

ゆえに最近の御前会議《ごぜんかいぎ》は専《もっぱ》らここで行われており、今日の臨時会議も同様だった。

「これは一体どういうことだ！」

広間についた途端響いたのは、身が竦《すく》むような怒声《どせい》だった。

「ジラート金鉱山が、よりにもよってナトラの羽虫共に奪われただと⁉」

広間の中心に据えられた長卓《ちょうたく》。マーデンの重臣たちが居並ぶ中で、顔を赤黒く染《そ》めながらあらん限りの罵声《ばせい》を口にするその人物こそ、国王フシュターレだ、
フシュターレは見事なまでの肥満体だ。ジーヴァの体型は家系からくる生来のものだが、彼

のは節制という言葉を己《おのれ》の辞書から消した結果である。

今の彼にとってみれば、目に映る全《すべ》てが怒りの対象だろう。ジーヴァはその身に似合わぬ機敏さで柱の影を進み、長卓の席についている一人の背後で跪《ひざまず》いた。

(ミダン様、遅れました……!)

ミダンと呼ばれたその老人は、マーデン王国の外務大臣。すなわちジーヴァの上司だ。

(この状況で遅参《ちさん》とは、どこで道草を食っていたジーヴァ)

(申し訳ございません。大使との会談が長引いてしまい)

(ふん、話は聞いているな?)

(はっ……)

(ならばよい。今は下がっていろ)

ミダンに命じられ、ジーヴァは一礼して広間の隅に寄った。

奇《く》しくもその時、広間にフシュターレのそれとは違う声が響いた。

「王よ、お怒りはごもっともでございます」

フシュターレ王に近い席に座る男の名はホロヌィエ。

猫背でやせ細り、歪《ゆが》んだ笑みを湛《たた》える不気味な姿からは想像もつかないが、マーデン国の財務大臣である。

(チッ、佞臣《ねいしん》め……)

ジーヴァは内心で舌打ちをする。不愉快な思いをしているのは何もジーヴァに限った話ではなく、あの男が喋《しゃべ》り始めると同時に、居合わせる人間の大半が顔を歪めている。

「しかしこのままでは事態は悪化するばかり……速やかに対策を講じなくてはなりませぬ」

「随分と身勝手ですな」

口を開いたのはミダンだった。

「ホロヌィエ殿、金鉱山については守備兵の差配《さはい》も含めて貴殿に一任していたはず。我が国の最重要拠点ともいえるあの場所を易々《やすやす》と奪われておいてその言い草……自らの責任を有耶無耶《うやむや》にするつもりか？」

ミダンの眼光は若輩ならば竦《すく》み上がるほどの威圧を持つ。安易な言い逃れは決して許さないという意思が感じられる。

だが、受けるホロヌィエもさるもの、一切《いっさい》動じることなく答えた。

「易々というのは間違いですなぁ、ミダン殿。報告では守備兵の誰もがナトラ兵に果敢に応戦し、その職務を全うしたとあります」

「ならばなぜ奪われた」

「それはもちろん、ポルタ荒原での敗戦が原因でしょう」

にぃ、と不気味な笑みをホロヌィエは浮かべた。

「ええ、ええ、あの戦いでウルギオ将軍があぁも簡単に討《う》ち取《と》られていなければ、結果は違っていましたとも」

ホロヌィエは一転してとぼけた表情になる。

「そういえば、軍の指揮を誰に任せるかの選定でウルギオ将軍を推したのは、生粋《マーディア》の方々でしたなぁ。まったく、実のない人間ほど他人の足を引っ張りたがる。ミダン殿もそう思いませんか?」

「貴様……」

現在マーデンに仕える臣下たちは、大別して二つの派閥に分かれている。

その一つはジーヴァも属する生粋派《マーディア》だ。マーデンに生まれ、マーデンで育ち、そしてマーデンに仕えることを選んだ生粋のマーデン人による派閥である。派閥内に軋轢《あつれき》もあるにはあるが、全体としてマーデンへの忠誠心は高い。

対してもう一つが外来派《ステラ》である。外国出身でありながら、その高い能力を見込まれて要職に就くことを許された者たちの派閥だ。全体として国家への忠誠心は薄く、彼らを国に繋ぎとめているのは高い俸禄《ほうろく》である。

この両派閥の対立が激しくなったのは、ここ数年のことである、というのも、それ以上前になると外来派《ステラ》の数が少なすぎて、派閥として成立していなかったからだ。

ではなぜ外来派《ステラ》が急進したのかといえば――そう、金鉱山の発見によるものだ。

鉱山が発見された当初、王宮は上を下への大騒ぎだった。なにせマーデンはしがない貧国だ。

少ない資金をやりくりすることには慣れていても、降って湧《わ》いた幸運の女神の扱いなど、誰一人として心得ていない。

そんな時に目ざとく現れたのが、ホロヌィエを筆頭とした外国人の官僚である。彼らは他国で多くの政務を取り仕切った実績を手土産《てみやげ》に、我らならばこの幸運を正しく扱える、とフシュターレ王に取り入った。海千山千《うみせんやません》の政治闘争に明け暮れた経験を持つ彼らにとって、浮足立った田舎《いなか》の王を丸め込むことなど容易いことだった。

彼らは次々と王に登用され、その能力をいかんなく発揮した。彼らの的確な差配によって生まれた金鉱山の利益は莫大なもので、フシュターレは大いに気をよくし、さらに外国人を重用するようになった。

もちろん生粋派《マーディア》にとっては面白《おもしろ》くない。日々権威を増していく外来派《ステラ》への憎しみは高まるばかりだ。外来派《ステラ》にとっても、地元出身というだけで大きな顔をする生粋派《マーディア》は目障《めざわ》りで仕方ない。

かくして両派閥の争いは、もはや誰にも止められない領域に至っていた。

「あの時、どうして生粋派《マーディア》の強行を許してしまったのか。ドラーウッド将軍にお任せしていれば、こうはならなかったでしょうに。マーデン国を愛する忠臣として恥ずかしいばかりです」

「貴様が忠臣を気取るのか」

「もちろん、私以上にこの国と王を敬愛する者はいないと自負しておりますよ」

ナトラへの出兵が決まり、生粋派《マーディア》のウルギオと外来派《ステラ》のドラーウッドのどちらに軍を預けるかで両派は激しく対立し、最終的に生粋派《マーディア》がポストをもぎとったのだが、ここにきてそれが裏目に出ていた。

(馬鹿《ばか》げたことだ)

ジーヴァは内心で吐き捨てる。

彼は生粋派《マーディア》ではあるものの、政争とは距離を置いていた。派閥の利益のために国益を損なうことさえ厭《いと》わない両派には、心底嫌気がさしている。

「くだらぬ言い争いはもうよい!」

睨み合うホロヌィエとミダンの間を断ち切るように、フシュターレが再び声をあげた。

「おめおめと逃げ帰ってきた者どもは余《よ》が手ずから八つ裂きにする。だが、それよりも今は金鉱山だ。ホロヌィエ、策はあるのだろうな?」

「もちろんでございます。とはいえ、策を弄《ろう》するほどでもございません。敗戦はあくまでもウルギオ将軍の不覚によるもの。ならば次こそドラーウッド将軍に任せれば良いだけのこと」

「待たれよ」

ミダンは即座に口を挟んだ。

「ナトラを侮《あなど》っていたウルギオ将軍の不覚は確かにあろう。しかし将を挿《す》げ替えればそれですむと考えるのは軽率ではないか。まして鉱山に籠《こ》もられれば、並大抵の兵力では」

「ならば、先の戦の三倍の兵を用意しましょう。それで押し潰せばいいだけのこと」

「馬鹿な、それほどの兵を動かせば国境の守りが疎《おろそ》かになる！　隣国のカバリヌがこちらを狙っているのを知らぬわけではあるまい！」

「だからこそ、ですよ。あの金鉱山は我が国の要《かなめ》。取り戻すのに時間をかけていれば国力は落ち込み、カバリヌなどから狙われやすくなります。周辺国が挙兵する前に、迅速に、一気呵成に奪取するしかないのです。……それとも、ミダン殿は他に策が？」

値踏みするように目元を歪めるホロヌィエ。

ミダンは視線を切り、フシュターレに進言した。

「陛下、ここはナトラ側と話し合いの場を持つべきかと存じます」

「……なにゆえ余の国を侵した慮外者《りょがいもの》と席を同じくしろと？」

フシュターレの顔が険しくなる。しかしミダンは怯《ひる》まず続けた。

「まず、大兵力を用意するのだけでも時間がかかります。次にそれだけの兵を用意しても、すぐさま奪還できるか不明です。ナトラ軍に粘られ長期化すれば、多くの物資を消費し、隣国に隙《すき》を見せることになるでしょう。ならば、ナトラと交渉し鉱山の引き渡しを要求する方が早く、安全であるかと……」

「それこそ馬鹿な、でしょう」

ホロヌィエは嘲《あざけ》るように言った。

「あの鉱山の価値を知っていれば手放すはずがない」

「……金鉱山を持つとなれば諸外国から狙われる上に、その扱いは小国にいる人材の手に余る。それは貴様も知るところだろう？」

「む……」

ホロヌィエは僅《わず》かに言《い》い淀《よど》んだが、すぐさま頭を振った。

「しかし応じたとしても相当の資金を要求されるはずですよ？」

「だが、交渉の余地はあるはずだ。……陛下、どうか私にナトラとの交渉をお任せください」

二人の臣下の提言を受け、フシュターレは瞼《まぶた》を閉じて思案の顔になった。

次にその瞼が開いた時、視線の先に立っていたのはホロヌィエだった。

「……ホロヌィエ、ドラーウッド将軍を呼べ。奪還のための兵を興《おこ》す」

「ははっ」

「陛下……！」

食い下がろうとするミダンに、フシュターレは告げた。

「そこまで言うのならば奴《やつ》らとの交渉を許す、やってみせよ。……兵が集まるまでの間に、余が満足する結果を出せるというのならば、な」

「……ははっ！」

そしてしばらく詳細を詰める議論が交わされた後、御前会議は終了となった。

家臣たちが次々と広間から退出する中で、ミダンの傍《そば》にジーヴァは跪く。

「話は聞いていたな、ジーヴァ」

「はっ」

「今すぐ情報を集め、金鉱山へ向かえ。何としても金鉱山の引き渡しを成立させろ。これ以上外来派《ステラ》に手柄を奪われるようなことは避けねばならん」

「……」

「ジーヴァ？」

「……はっ。承《うけたまわ》りました」

思うところはあるがこれも仕事だ。それに大兵力を興すことのリスクについてはジーヴァとしても同意する。

（だが、短期間でどれだけできるか……）

胸の中で不安が膨らむのを自覚しながらも、ジーヴァは行動を開始した。

◆◇◆

ニニム・ラーレイの朝は早い。

彼女が目を覚ますのは、決まってまだ夜明け前の時間帯である。

なにせ明かりが貴重な時代だ。さらに今は場所が遠征先ということもあり、油や蠟《ろう》の浪費を避けねばならない。となれば、日の出と共に仕事を始めるのが最適解になる。

そして起きたニニムが真っ先に行うことは、浴室にて身を清めることだ。

「……ふう」

ナトラ軍がジラート金鉱山を占拠してから一週間。

かつて鉱山の管理者が利用し、今は臨時の本営となっているこの館の構造にも慣れ、業務の滞りも減少してきた。おかげでこうして水を浴びる時間も取れるようになっている。

もっとも、遠征先なので本当に浴びる程度だ。溢《あふ》れんばかりのお湯に浸かったり、香油を垂らして肌に香りを染みこませることはさすがにできない。時折、女としての思いが湧き上がって今以上の贅沢《ぜいたく》を望みそうになるが、そこは補佐官としての理性で押しとどめている。

(さて、そろそろ起こしにいかなきゃいけないわね)

ニニムは湯船から出ると、水気を拭《ぬぐ》い身支度を整えた。

そして廊下を進み、目指す先はウェインの寝室だ。

「補佐官殿。今日もお早いですね」

扉の前には警備の兵が二人立っていた。

「私が寝坊などをすれば、その分殿下のお目覚めも遅れますからね。警備中、不審なことなどはありませんでしたか？」

「何もありません。静かなものでした」

「結構。それでは」

兵が扉の前から離れ、ニニムはウェインの寝室に踏み入った。

部屋の中は簡素なものだ。なにせ館を接収したその日のうちに、金になりそうなものも根こそぎ回収したからだ。とはいえ元の主《あるじ》が逃げ出す時に多くを持っていったようで、大したものはなかったが。

しかし物に限定しないのならば、今この部屋にはナトラ王国で二番目に大事なものがある。ベッドで眠るウェイン・サレマ・アルバレストだ。

「……ウェイン」

彼の耳元に顔を寄せ、小さく囁《ささや》く。

ウェインは起きない。知っている。彼は寝ることが好きだが起きることは好きではない。放っておけば太陽が中天に輝くまで眠りこけているだろう。

それを防ぐには、窓のカーテンを開いて部屋に光を取り入れ、彼の耳元で元気よく朝の到来を告げるしかない。そうすれば彼は気だるげに毛布の中から這《は》い出《だ》して来る。

しかしニニムはすぐにはそうしなかった。ウェインの枕元《まくらもと》に頰杖《ほおづえ》をつき、眠る彼の横顔をジッと見つめる。

眠るウェインの横でしばし時を過ごすこと。ニニムがたまに行う、特別な贅沢だ。

「んー……むにゃ」

ウェインの喉《のど》から声が僅かに零《こぼ》れ落ちる。何か夢でも見ているのだろうか。表情の柔らかさから、悪夢ということではなさそうだ。

(もしかしたら、私の夢、とか)

そんなことは知る由《よし》もないけれど、そうなら少しだけ嬉《うれ》しい。

(今日の朝食は、ウェインの好きなもので作ろうかしら)

王宮での食事は専任の料理人がいるが、この遠征先でのウェインの食事はニニムが采配《さいはい》している。ニニムの腕前的にも使用できる食材的にも王宮で出されるそれより劣るが、王太子の口に入るものだ。それなりに手の込んだ料理を用意している。

上機嫌になりながらそんなことを考えていると、ウェインは緩《ゆる》んだ顔で寝言を口にした。

「おっぱい……大きい……ふかふか……」

「……」

ニニムは自分の胸部をぺたぺたと触った。

お世辞にもふかふかではなかった。

朝食はウェインの苦手なものフルコースで行くと心に決めた。

それからニニムは、憤然《ふんぜん》とした気持ちを晴らすように彼の横顔を覗《のぞ》き見る。

(……心なしか前より男らしい顔立ちになってるような)

ウェインの前髪を指先でいじりながら思う。

（身長もまだ伸びてるのよね。小さい頃は私と同じくらいだったのに、いつの間にか抜かれて、体格もしっかりしてきて）

逆に自分の身長は打ち止めの気配が濃厚だ。顔つきや体格も丸みを帯びて女性らしくなった。なお、胸部については触れないことにする。

だというのにウェインといえば、不意に肩を摑《つか》んで抱き寄せてきたり、惜しげもなく上半身を晒《さら》してみせたり、胸がどうのこうの言ってきたりと、性差など気にせず子供の頃《ころ》と変わらない距離感でいる。

それが嬉しいと思う気持ちもあれば、もやもやする気持ちもあり、何よりそういうことをされる度に、平静を取り繕いつつも心臓の鼓動が早くなる。

果たして彼はそのことに気づいているのだろうか。気づいていない気がする。でも気づいていてわざとやってる気もする。この野郎、という思いが高まり、顔に落書きでもしてやろうかと一瞬考えたが、すぐさま頭を振った。

（……そろそろ起こさなきゃいけないわね）

ニニムは静かにウェインから距離を取り、さも今しがた部屋に入ったかのような足取りで窓のカーテンを引いた。

部屋に夜明けの光が差し込む。

光の気配を感じたウェインが小さく身じろぎをする。

「ウェイン、起きて。朝よ」

夜と朝の間にある、彼を独り占めにできるひと時に、ニニムは自ら終わりを告げた。

◆◇◆

「──こうなったら、鉱山をとことん利用しよう」

執務室の窓の外から見える鉱山を眺めながら、ウェインは自らの結論を口にした。

「いいの？　間違いなくマーデンともう一度戦争よ？」

懸念《けねん》を示すのは傍《かたわ》らのニニムだ。

鉱山の稼働自体は可能だ。鉱山には鉱夫やその家族が住んでおり、占拠して当初は色々と混乱があったが、今は周辺も含めて落ち着きを取り戻しつつある。彼らの協力を取り付け、仕事をさせることは難しくないだろう。

しかし当然、マーデン側は準備が出来次第取り返しに来るだろう。ここの金鉱山にはそれだけの価値がある。国力が上回るマーデンが本腰を入れれば、どれほどの被害が出ることか。

だがウェインとしても、それらを加味した上での結論だ。

「取っちゃったものは仕方ない。今更放棄なんてすれば軍どころか国の士気にも関《かか》わる」

となればニニムに異があるはずもない。

「それなら問題は、マーデンからどうやって守り抜くかね」

「まずは周辺地理の把握だな。簡単には調べたけど、まだ足りない。それに鉱山の内情もだ」

「仕方ないことだけど、資料のほとんどが入手できなかったのが痛いわね」

鉱山の守備兵はすぐさま退却したが、その際に鉱山に関する資料などは多くが焼き捨てられ、あるいは持ち去られていた。陥落しそうになればそうしろと、事前に取り決めていたのだろう。

「失礼します」

不意に扉が叩《たた》かれた。現れたのはラークルムだ。

「殿下、各種調査の進捗《しんちょく》についてご報告に参りました」

「ご苦労。順に始めてくれ」

「はっ。まずは鉱山の住民ですが、概《おおむ》ね我々に対して好意的です。殿下のご指示通り、食料の配給や住居の建設に協力したのが功を奏したと思われます」

「我が軍が到着する前の彼らの扱いを思えば、無理もありませんね」

ラークルムが現れたことで、口調を改めつつニニムは言う。

守備兵を蹴散らしたナトラ軍は、そのまま鉱山の制圧に乗り出した。

当然その中には鉱夫やその家族の居る居住区も含まれており——そこで目にしたのは、ぼろ小屋に押し込まれやせ衰えた人々の姿だった。

彼らは安価で買われた奴隷《どれい》であったり、あるいはマーデンにて罪を犯し、苦役《くえき》としてここに送られた者たちだ。中には罪を犯してないにも拘《かか》わらず、権力者の都合によってここに送られた者もいる。

鉱山労働は過酷の極みにあり、ろくな食事も与えられず、医者などは以《もっ》ての外《ほか》。住居も廃材をかき集めたような有様《ありさま》で、大半の人間が数年と持たずに死に至る有様だという。

そんな彼らの窮状を知ったウェインが行ったのが、食事の配給と、手すきの兵を駆り出しての簡易住居の建設である。これには鉱山の住人はこぞって感謝を表した。

もちろんここにはウェインの打算がある。物資の消耗は増えたが、鉱山の運用を速やかに再開するためにも住民の協力は必須だ。マーデンとのぶつかり合いが控えている中で、足元に火《ひ》種《だね》を燻《くすぶ》らせるのも良くない。

（それに、あんな非効率的な働かせ方してたら勿体《もったい》ないしな）

人が死ぬということは、単純な労働力以外にもその人の持つ知識や経験も失われるということだ。鉱夫だからと軽々《けいけい》に死なせていては、逆に採掘が滞《とどこお》る。

「地図の作製はどうだ？」

「鉱山周辺については一両日中に完成するかと。ですが鉱山内部については、坑道が多岐《たき》にわたり、把握には今しばらく時間がかかります。鉱夫からも聞き取りを行っているのですが、入れ替わりが激しく全容を知る者はなかなか……」

「解った、そのまま進めるように。報告はそれだけだな？」

「はっ……ですが一つ、別件が」

「なんだ?」

「鉱山の住民の一人が、殿下に面会を求めています」

ウェインは小首を傾《かし》げた。

「陳情についてならお前に一任したはずだが」

「私もそう告げたのですが、どうしても殿下直々《じきじき》にと。調べたところ、住民の纏《まと》め役の一人のようですが」

ウェインとニニムは目を見合わせた。

「どう思う?」

「何か企《たくら》みを感じますね。会ってみるのも一興かと」

「だな。ラークルム、呼んで来い」

「はっ!」

ラークルムは一旦《いったん》部屋から下がり、程なくして彼と一緒に現れたのは一人の男だ。

全身に倦怠感《けんたいかん》を纏うやつれた男だ。ここの住民ならば大半が痩《や》せこけているが、彼の場合は一層酷《ひど》い。少し小突《こづ》いただけでも倒れそうである。

(……)

が、跪くその男を見てウェインが考えたのは全く別の事だった。

「……お初にお目にかかります、ウェイン摂政《せっしょう》殿下。私は」

「ペリント」

ウェインが口にした名前に、男はハッと顔を上げた。

「以前、マーデンの高官を調べた時に人相書きを見た。だいぶ雰囲気は変わっているが、その様子だと合っていたようだな」

「……噂《うわさ》に違わぬ見識。恐れ入りました」

ペリントは再び頭《こうべ》を垂《た》れた。

「殿下の仰る通り、私はペリントと申します。数年前まで、マーデンの王宮に仕えておりました」

「政争に敗れたか」

「重ね重ね、御明察の通りでございます。財産も全て奪われ、ここに押し込まれました」

「ならば要件は、我が国にて再起を望むというものか？」

よくある話だ。そう思いながら口にした言葉だったが、しかしペリントは予想外にも頭を振った。

「望む気持ちはございますが、此度《こたび》は別の願いのために参りました。そのための手土産も用意しております。……どうぞこちらを」

ペリントが取りだしたのは古びた巻物だ。

ニニムを経由してウェインが受け取り、中を確認する。その瞳《ひとみ》が驚きに揺れた。

「これは……鉱山内部の地図か！」

「はい。全ての坑道を記した完全なものでございます」

今のウェインにとって喉《のど》から手が出るほど欲しいものだ。確認の必要はあるが、これがあるかないかで今後の作業の捗《はかど》り具合が大きく変わるだろう。

「どうしてこれを？」

「摂政殿下が必要とされるだろうと考え、焼かれる前に盗み出しました」

「……なるほど、確かにこれには値千金《あたいせんきん》の価値がある」

だがそれゆえに、ウェインは気を引き締める。この地図を代償とした願いはいかなるものか。

「言ってみろ、ペリント。何を望む」

「はっ」

ペリントは臓腑《ぞうふ》に力を溜《た》め込《こ》むかのように大きく息を吸い、言った。

「──どうか、鉱山の民をお見捨てにならないで頂きたい」

「……なんだと？」

予想外の言葉にウェインは眉根《まゆね》を寄せる。

困惑は同席しているニニムとラークルムも同じだ。特にラークルムは不快そうに顔をしかめた。

「無礼だぞ、ペリントとやら。殿下がどれほどここの民に御心を砕かれているか、知らぬわけではあるまい。それを踏まえて見捨てるなとは、いかなる了見か」

「それゆえにでございます」

ラークルムの視線から逃れることなくペリントは続けた。

「恐れながら、殿下の御人徳《ごじんとく》を目にしなければ、私は口を閉ざし、地図の褒美《ほうび》として金子《きんす》を頂戴《ちょうだい》して去っていたでしょう。ですがそうではなかった。ゆえにこれを秘することはできなかったのです」

そう言うとペリントは、今度は書類の束《たば》を取り出した。

「……それは何の書類だ?」

「私が密かに記録してきた、この鉱山の採掘情報でございます。どうぞご覧に」

不穏な空気を感じつつも再度ニニムを経由して書類を受け取り、視線を落とす。

ペリントが口にした通り、書類の中身は金鉱山から採掘した鉱物の記録だ。最初期からつけられているものらしく、ウェインは順に読み進め――直近の記録に差し掛かったところで、止まる。

「……おい、まさかこれは」

「はい。その数字が示す通りです」

ペリントは粛々《しゅくしゅく》と告げた。

「この金鉱山は、枯渇《こかつ》しかけているのです」

◆◇◆

ジラート金鉱山から程なく離れた場所に、小さな町がある。

これといった問題も産業も抱えていない物静かな町だが、今は違う。金鉱山を占拠したナトラ軍を警戒して近隣から兵士が集められ、物々しい雰囲気の只中にあった。伝手《つて》を持つ住民は既に遠方へ避難しているが、そうでない住民は息を潜めながら暮らしている。

そんな厳戒態勢にある場所に寄り付く旅人といえば、よほど酔狂か、特別な事情があってのことだろう。

閑古鳥《かんこどり》の鳴いている宿の一室を借りているジーヴァは、まさにその後者だった。

「――以上が、鉱山の住民についてのご報告になります」

「そうか、よくやってくれた」

部屋には二人の男がいた。片方はマーデン王国外交官のジーヴァだ。もう片方は、彼が個人的に雇っている密偵である。

ジーヴァはナトラ側と交渉するため密偵を放ち、同時に素早く交渉の席につけるよう、自らもこの町に乗り込んだのだ。そこで待つこと数日、帰還した密偵から報告を受け取ったのだが

いた。

されており、そして確かな利益を出しているため、外来派《ステラ》は元より生粋派《マーディア》も深く追及できずに

噂《うわさ》には聞いていた。人を人と思わず使い潰《つぶ》していると。だが鉱山の全権はホロヌィエに委任

部屋に備えつけてある、簡素な椅子《いす》の背もたれを軋《きし》ませながら、ジーヴァは深く項垂《うなだ》れる。

「まさか、金鉱山の住民がそこまで酷《ひど》く扱われていたとは……」

――その内容は耳を疑うようなものだった。

(……いや、そうではあるまい。恐らく生粋派《マーディア》の上層部も抱きこまれているのだ)

文字通りの金脈を押さえている上に大国の政争の経験者。この件において生粋派《マーディア》を丸め込む

ことも難しくないだろう。そして上が沈黙してしまえば、ジーヴァのような下の者たちは何も

言えない。無理にでも問題にしようとすれば――問題になる前に、そいつはいなくなるだろう。

「……ナトラが彼らを弾圧していないというのは、間違いないのだな？」

「はい。それどころか食料を配り、住居も建設しています。……恐れながら、鉱山の民の心は

既にマーデンにないものかと」

「そうだろうな、そうだろうとも」

自分たちを奴隷のごとく扱ってきた国に忠義など抱くはずもない。

彼らにしてみればマーデンは悪辣《あくらつ》なる支配者であり、ナトラはその解放者だろう。

「ナトラ王国の王太子……徳の高い少年だとは耳にしていたが、真実のようだ。軍としての動

きはどうだ？」

「周辺の調査をして地理の把握に努めているようです。それにまだ手付《てつけ》の段階でしたが、防衛用の塁《るい》も作り始めています」

「……」

着々とナトラ側も防衛戦の準備をしているようだ。

これ以上悠長にはしていられない。ジーヴァは決断を下した。

「行くしかあるまいな。使者として、話し合いの席に」

「ですが危険です。場合によっては殺されるやもしれません」

「その程度の危険を踏み越えなくては何も得られんさ。ここは王太子の仁徳に賭《か》けてみるとしよう」

固い決意と共に、ジーヴァは金鉱山へ向かうべく準備を始めた。

◆◇◆

一方その頃《ころ》、敵国の外交官から心意気を評価されていたウェインは、

「ヴぁー……」

亡者のように呻《うめ》きながら、机に突っ伏していた。

「……いつまでもダレてないで、そろそろ立ち直りなさいよ」

そう告げるニニムの言葉にも普段の力がない。今回ばかりは彼女もウェインの気落ちに同調していた。

「……枯れかけだぜ枯れかけ。よりにもよって、金鉱山が。本国から遥々《はるばる》遠征して占拠して、マーデンと戦争をしてでも確保しようって決めた矢先に、実は確保する価値がないときた。テンション下がるわぁー……」

あれからウェインたちはもたらされた資料の真偽を徹底的に調査した。

結果は真。現在採掘されている金脈が枯れかけていることはほぼ間違いなかった。ウェインの失意も当然だ。個人レベルで目算《もくさん》が外れたのならば笑い飛ばすこともできようが、国家戦略規模でハズレを引いたとなればそうもいかない。

「でも、何もせずにいるわけにもいかないでしょう」

ウェインへ向けると同時に、自らに対してもそうニニムは言い聞かせる。

「とにかくこれからの方針を決めないと」

「方針つっても、撤退しかないだろ」

机から僅かに顔をあげ、不機嫌そうにウェインは言った。

「攻めたのは、ここに価値があると見込んだから。占拠して守りを固めるのは、ここの価値を維持するために。でも実は価値がないとなれば？　早々に手を引くのが一番傷が浅い」

道理である。こうしている間にも、軍団の維持に費用がかさんでいる。まして敵地に食い込んでいるとなれば尋常ならざる出費だ。早期に撤退するのが最も利口だろう。

「撤退するならあの約束はどうするの？　ペリントが言ってた、鉱山の民を見捨てないっていう」

「民を見捨てるなとは言われたけど、鉱山を見捨てるなとは言われてないだろ。望む奴だけ連れて帰ればいいさ。ここにいたって未来はないし、元々ナトラ《うち》は多民族国家だ。マーデンの鉱山民が加わるぐらい何ともない」

「……妥当なところね」

頷き、ニニムは続けた。

「それじゃあ、すぐに住民に布告を出して撤退の準備に入るのでいいの？」

「……いや、まだだ」

「どうして？」

「絶対文句出るだろ、今撤退するなんて言っても」

遠征して切り取った領土を一方的に放棄するなど、軍部のみならず国のメンツにも関わる。せめて説得のためにも何かしら理由が欲しいところだ。

「軍に事実を伝えればいいんじゃない？　全員が不都合なら、指揮官にだけとか」

「指揮官に限定しても必ず兵士に漏《も》れる。そして漏れたら士気はガタ落ちだし、下手すれば住民に暴行を働く連中も出てきかねない。可能なら伏せておきたい」

「となると……マーデンが軍を興すの待つわけね」

「ああ、鉱山を取り戻すためにマーデンは相当な大軍を引っ張ってくるはずだ。その兵力差が明確になれば、撤退にも納得してもらえる……はず」

いまいち煮え切らないのは、ここまで積み重なってきた予想外の出来事ゆえである。

「いっそのこと何も教えずに他国に売るのはどう？　カバリヌとか」

ペリント曰《いわ》く、この鉱山を任されていたのはホロヌィエという家臣だが、採掘された金の量は役人を経由するたび横領のために数字が改ざんされており、恐らくは彼も正確な全容を把握していないはずだという。

すなわち金鉱山の枯渇を知るのはペリントとあの場にいたウェインたちのみ。ならばそのまま隠ぺいして他国に売るというのは不可能ではないだろう――が。

「短期間に話を纏めるのは難しいし、長期的になるとマーデンとぶつからなくちゃならん。そうなると採算が微妙になるし、バレた時に絶対恨《うら》まれるのがな」

悩ましいところだ。せっかく取った場所を何もせず手放すのは惜しい。

どこかに売り先がないものかとウェインは思考を巡らせる。

その時、にわかに館の外から騒ぎ声が届いた。

「何かしら？」

ニニムと共に窓から外を覗《のぞ》き込むと、何やら外を慌ただしく兵が行き来している。もしや敵襲かと思ったところで、部屋のドアが叩《たた》かれた。

「殿下、失礼します！」

僅かに息を切らしながら現れたラークルムに、ウェインは即座に問いかけた。

「敵の攻撃か？」

「いえ、違います」

ならばなんだと視線で続きを促す。

「使者です。マーデンからの使者が今しがた到着しました」

「――――」

その時ウェインが目を見開いたのは、使者が到着したからではなかった。

脳裏《のうり》に浮かぶ、一つの閃《ひらめ》きによるものだ。

「殿下との会談を要求しています。如何《いかが》なさいますか？」

「……そいつは名乗ったか？　どんな身なりだった？」

「ジーヴァと名乗りました。そしてマーデンの外交官であると。立ち振る舞いからしても高位の官吏であるのは間違いないかと思われます」

「聞き覚えがあるな。ニニムは？」

「ございます。そのような者がマーデンの宮中にいたはずです」

「よし、ラークルム、使者を応接間に案内しておけ。俺もすぐに向かう。くれぐれも失礼のないようにな」

「はっ！」

ラークルムは即座に踵《きびす》を返して部屋を出ていく。

「ニニム、供応の手配を頼む」

「解ったわ。すぐにすませ――」

言いかけた唇が止まる。理由は目の前の主《あるじ》の表情。

「どうしたのウェイン、変な顔して」

「いやなに、考えてみればここが完全にすっぽ抜けてたと思ってな」

「……何の話？」

ウェインはにっと笑った。

「鉱山の売り先だ」

◆◇◆

館の応接間に通されたジーヴァは、椅子に腰かけながら交渉相手の来訪を待っていた。

静かに瞑目《めいもく》しているようにみえるが、横顔には僅かな緊張が伺《うかが》える。

しかしそれも無理からぬことだろう。彼からすればここは既に敵地の只中だ。話し合いのために派遣した使者が殺されることなどざらにある。今こうしている間にも、部屋の外に武装した兵士たちが集まっているかもしれないのだ。

（……だが、そうはならないはずだ）

始末する機会ならばここに来るまでにあった。そして自らがマーデンの要人であることと、王太子の仁君という評判を踏まえれば、話し合いに持ち込める可能性は低くない。

（もっとも、その話し合いが最大の問題なのだがな）

どちらかといえば、緊張の理由はそちらの方だ。

時間を優先したため相手についてはほとんど調べられていない。知っている情報は断片的なものばかり。これが吉と出るか凶と出るか。

そう思い悩んでいると、扉が開いて一人の少女が現れた。抜けるような白い髪と赤い瞳。フラム人だ。そういえばマーデンと違いナトラではフラム人は珍しくないと聞く。

「摂政殿下のおなりです」

少女に次いで、扉の向こうから護衛を伴って少年が現れた。

「──お初にお目にかかります、摂政殿下」

ジーヴァは少年に恭《うやうや》しく一礼した。

「私はマーデン王国外交官のジーヴァと申します」

「ナトラ王国摂政、ウェイン・サレマ・アルバレストだ」

若い、とジーヴァは思った。十代半ばの少年だとは聞いていたが、こうして目の当《ま》たりにするとやはりあどけなさがまだ残る。

しかし同時に、彼の立ち振る舞いには国を率いる人間としての自負と貫禄《かんろく》があった。血脈だけのお飾りではないとジーヴァは心に刻み込む。

「──まずは突然押しかける形になったこと、お詫《わ》びいたします、摂政殿下」

互いに机を挟んで向かい合ったところで、スタートは儀礼的な謝罪から。

背後にニニムを控えさせるウェインの方もそつなく応じる。

「火急《かきゅう》を要する問題が我らの間に存在することは承知の上だ。その点についてはむしろ、よくぞ来てくれたと歓迎したい」

そこでウェインは肩をすくめた。

「しかし、何分《なにぶん》急なことだったのでな。客人を迎えられるのはこの部屋だけだった。可能ならもう少し格式のある席を用意したかったが、許されよ」

「ご配慮《はいりょ》、痛み入ります。しかし事前に連絡を出さなかったのはこちらの落ち度。たとえ招かれた先が野原であっても感謝しかありませぬ」

「そう言ってもらえればこちらの気も休まるというものだ」

ウェインが浮かべたのは友人に向けるようなくだけた微笑《ほほえ》みだ。彼の人柄がそのまま表れたかのようで、なるほど、彼はナトラの民にさぞ愛されていることだろうと思わせる。

だがジーヴァの心に緩みは生じない。自分はナトラではなくマーデンの民であり、何より本番はここからなのだ。

「してジーヴァ殿、ここには何用で来られたのかな？　貴殿も知っての通り、今この地はマーデンの民が呼吸をしやすい場所ではないが」

来た。本題。ジーヴァは一度強く歯を嚙《か》みしめ、言った。

「それはもちろん――我が軍に代わってこの地の警護を請け負ってくださったあなた方への御礼と、引継ぎの準備についての話をしに参りました」


ジーヴァの言葉を受けて、「は？」という顔になったのはニニムや護衛の兵士だった。あるいは臆面《おくめん》もなく鉱山を返せなどと言ってくれれば、兵士は殺意を漲《みなぎ》らせていただろう。しかしジーヴァの言葉は彼らにとってあまりにも想定外だ。

実のところ、それはウェインも同じだった。ただし彼が他と違うのは――

（な――るほど、随分思い切ったな）

ニニムや兵士たちが呆気《あっけ》に取られている中で、ウェインは一瞬にしてジーヴァの真意を見抜いたところである。

『ウェイン、これはどういうこと？』

ニニムは紙に走り書きした文字でウェインに問いかける。

『つまるところ、お互いの侵略行為を無かったことにしましょう、って提案だ』

素早くペンを走らせ返事を示す。

ニニムは数秒ほど眉根を寄せた後、はっとした表情になった。彼女だけに見えるよう、ウェインはにっと笑った。

マーデンにとって金鉱山は一日も早く取り戻したい場所だ。しかし交渉を始めれば先のマーデンの侵略行為への言及は避けられず、賠償《ばいしょう》や捕虜《ほりょ》の返還、国境線をどこに引き直すかなどで長引くのは必然といえる。

(まさか、両国の間に戦争が起きていなかったことにすることで、そのあたりをすっ飛ばそうとはな。この丸いおっさん、見かけによらず大胆に斬《き》りこんでくる)

さらにこの一手は、マーデンの敗戦という事実を打ち消し、プライドの高いフシュタール王の顔を立てることにも繋がる。なかなかの妙手《みょうしゅ》だ、とウェインは思った。

「我が国がカバリヌなどの隣国に国境を脅かされている間、最重要拠点であるこの地の守護を担ってくださったことには感謝の言葉もありません。無論、相応の謝礼はさせて頂きます」

侵略行為に対する賠償と金鉱山の買い取りを、謝礼という形で収める。当然謝礼がいくらになるかは議論を重ねることになるが、それでも普通の戦後交渉よりも話の進みはスムーズだろう。

そしてこの提案は一見するとマーデン側の都合を強く感じるが、ナトラにもメリットはある。

「いやしかし助かりました。この金鉱山は我が国の生命線。もしも他国に奪われていれば――総力を挙げて取り返し、不届きな敵国を容赦なく滅ぼしていたでしょう」

メリットというのがこれだ。

マーデンとの戦争の回避。実際のところこれは大きい。

ポルタ荒原では勝利を得られた。しかし次は？　次に勝ててもその次は？

国力レースになればナトラの不利は明白だ。そもそもレースになった時点で、国としては詰《つ》んでいる。たとえマーデンを凌《しの》げても別の国がここぞとばかりに襲いかかってくるだろう。もちろんその危険はマーデン側にもあるのだが――フシュターレ王の理性が、そのリスクを認識してくれるかどうか、ウェインとしては甚《はなは》だ疑問なのである。

（プライドの高いフシュターレだ。何度負けても絶対に取り返そうとしてくる……それどころか負けるほどにムキになるだろう。共倒れなんてまっぴらごめんだ）

ゆえに、戦争の事実を消し去るのは悪くない。敗戦の汚名がなくなれば、フシュターレも当面は大人しくしている公算は高いだろう。その間にマーデンからせしめた金銭で国力を高められる。

もちろんデメリットもある。かねてより懸念《けねん》だった国家としてのメンツの問題だ。

特に軍部は反発するだろう。戦争の事実を消すということは、彼らの功績も表向きは失われるということになる。マーデンから支払われる金銭で補塡《ほてん》しても、感情的にはしこりが残るだろう。

だがそのデメリットを踏まえてもなお、ジーヴァの提案を受ける理由がある。

（ここまでの流れで解った……間違いなくマーデン側は金鉱山の枯渇に気づいていない）

ウェインたちのみが知るこの事実。

このまま持ち続けても、いずれはハズレくじであることが露見し、軍の士気はガタ落ちになるだろう。かといって他国に売れば恨《うら》まれるのは必然だ。

しかし今、マーデンに売るのならば？

手を付ける間もない程速やかに返還されたのだ。発覚してもこちらには向かず、マーデン内部で責任の押し付け合いが発生することだろう。もし金を返せと言われても、知らぬ存ぜぬで通せばいい。売却することで下がる軍からの評価も、真実を知れば英断であったと再評価に繋がるはずだ。

（戦争を回避し、枯れた鉱山で大金をせしめるチャンスは恐らく今この時だけだな……）

『向こうの提案に乗るの？』

ニニムに文字で問いかけられ、ウェインは肯定する。

『ああ。ただしここですぐに食いつけば足元を見られる。ちょいと揺さぶりもかけなきゃな』

『あんまり欲張らない方がいいんじゃない？』

『大丈夫だって。あくまで不自然に思われない程度に留《とど》めるさ』

不安そうな顔になるニニムに、ウェインはにっと笑った。


（……手ごたえが読めんな）

戦争事実の消去という提案は、ジーヴァにとって苦肉の策であった。

もう少し時間があれば、あるいはフシュターレ王の度量がもう少し広ければ、別の方法もあったろう。しかし短期間でフシュターレを満足させつつ実質的な講和に至る方法というのは、ジーヴァにはこれしか思いつかなかった。

先ほどから一方的に語る言葉に熱が宿るのも、自らの提案の難しさを理解し、取り繕おうとしているがゆえのものだ。

しかし果たしてそんな小細工が通用しているのだろうか。

対面に座る少年は、こちらをジッと見つめながら黙するばかりだ。どんな言葉にも微動だにせず、ただジーヴァの目を真っ直《ます》ぐに捉《とら》えている。

（鉄の像を木づちで叩いているような気分だが……ここで引くわけには……）

引くわけにはいかない。その思いが、しかし揺らいでいる。理由は脳裏にチラつく道中の光景だ。

ボロボロの衣服を纏《まと》う鉱山の人々。そんな彼らに対して炊き出しなどを行うナトラの兵士たち。

もしもナトラ兵がいなくなれば、彼らはどうなるだろう。戻ってくるマーデンの管理人は、果たして彼らを人として扱うだろうか。

（……私は何を考えている。金鉱山を取り戻す。そのために全力を尽くす。これでいい、これでいいんだ）

自らに何度も言い聞かせていたその時、ウェインが動いた。

「――リビ」

言葉の意味を即座に理解できず、ジーヴァが戸惑う中でウェインは続ける。

「セフティ、レヒス、タルギア、カーラル……」

「せ、摂政殿下……その、何を？」

「名前だ」

ウェインの声には、底冷えするような迫力があった。

「ポルタ荒原で死んだ、我が軍の兵士たちの」

「――――」

ジーヴァは己の心臓が跳ねるのを感じた。

類稀《たぐいまれ》なる仁君。目の前に座る少年がそう評される人物であることは知っていた。

知っていたのに。

「貴殿の主張は理解した。あるいは、そういう解釈も可能だろう。しかしジーヴァ殿、ならば死んだ彼らの魂はどこへ行けばいい？　祖国のために、誇り高く散っていった彼らの墓標《ぼひょう》になんと刻めばいい？」

「そ――れ、は」

「まさか、何もない荒原で死んだ間抜け共、ここに眠ると書け――とは言うまいな？」

凄《すご》みを感じさせる眼差《まなざ》しに、ジーヴァは二の句を継げなかった。

その姿を見て、ウェインは心の中で喝采《かっさい》をあげる。

（おっしゃ、効いてる効いてる！）

だが隣のニニムは心なしか渋面《じゅうめん》だ。

『ちょっと効きすぎじゃない？　これで交渉不可と思われたら本末転倒でしょ？』

『いやあこれぐらい普通だって。むしろもうひと押し欲しいところさ』

幸いにも自分は表向きは仁君として通っている。兵や民を引き合いに出すことに説得力はあるはずだ。そうして交渉の壁を高くするほど、向こうは金を積まなくてはならなくなる。

「ジーヴァ殿、ここの民がどのような扱いを受けていたか、貴殿は知っているか？」

「……はい」

「少し前にここの纏め役の一人が陳情してきた。どうか鉱山の民を見捨てないでほしい、と。マーデンではなく、ナトラの我々にだぞ。それだけでも彼らがどのように扱われてきたか解るというものだ。仮にここを君たちに引き渡したとして、彼らはどうなる？　ようやく摑《つか》めた希望を失い、残るのは絶望だけだ」

「………」

「これらを踏まえた上で、もう一度問おう。――ここに何用で来られたのだ、ジーヴァ殿」


――誇り高い人になりなさい。

かつて、母から贈られた言葉をジーヴァは思い出していた。

もはや色あせた記憶だが、きっかけはいじめられている一人の少年から目を逸《そ》らしたことだ。口をつぐみ、家に戻り、何事もないように振る舞って、けれど母にはお見通しで。

――誇り高い人になりなさい。未来の自分に、胸を張れるように。

その言葉は強く心に残り、ゆえに、そうなろうと思った。十年、二十年、三十年と歩き続けた先で、ふと振り向いた時に見えるものから目を背《そむ》けることのないような生き方をしようと思った。

思っていたはずなのに。

挫折。圧力。保身。派閥争い。

気づけば幼き日の思いは失われ、歩く道は日向《ひなた》から遠い場所に。

仕方のないことだ。理想は届かないからこそ理想なのだからと言い訳して。

なのにこの少年は、摂政という自分よりも遥《はる》かに困難な立場に身を置きながら、民を守ることに躊躇《ためら》いがなく。

「……摂政殿下」

「なんだ」

「お答えする前に、一つ、私からお尋ねすることをお許しいただきたい」

「許す」

ウェインの目に迷いはない。眩《まぶ》しいほどに真っ直ぐだ。

「……その背後の方は、殿下にとっての何者《なにもの》なのでしょうか」

美しく透き通る髪を持つ、フラム人の少女、

あの時の少年もそうだった。彼もまたフラム人であり、それゆえに迫害されていた。

なぜ今になってあの日のことを思い出したのか。

その理由が、ようやく解った。

「ニニムは、俺の心臓《しんぞう》だ」

(私は、彼のようになりたかったのだ――)

(今の質問、何の意味があったんだろ)

特に迷うことなく返事をしたものの、ウェインはジーヴァの問いに内心で首を傾《かし》げていた。

様子を探ろうにもジーヴァは俯《うつむ》き、その顔色は窺《うかが》えない。ここぞとばかりにウェインとニニムは文字でやり取りする。

『私が物珍しかったんじゃない？　西側じゃ外交の場にフラム人がいるなんてまずないでしょ』

『にしては、タイミングと様子が変な気もするんだよな』

『だったらそうね……民と兵を労《いた》わり、フラム人でさえも差別しないウェインに感動したとか』

『ははっ、実はこの外交官が人情家だってか？　無い無い』

『でも、もしそうだったら交渉諦《あきら》められちゃうかもしれないわよ？』

『大丈夫だって。そうなったら鼻でジャガイモ食ってやるよ』

そう気楽に応じていると、対面のジーヴァが静かに顔を上げた。

「──摂政殿下の御心、理解いたしました」

その表情はどこか晴れやかで、重荷から解放されたようにもみえる。

「戦死者の方々に対する無礼な発言、お許しください。私はとんだ思い違いをしていたようです」

「……ん？」

様子がおかしい。そんな気がしたウェインだがジーヴァはそのまま続ける。

「貴国が血を流して得たこの地をナトラの地とし、民を断固として庇護《ひご》するつもりでおられる以上、我らとは弓矛《ゆみほこ》を交えて決する他にないことは明白」

「え」

「恐らくこれを最後に私は外交の任から解かれるでしょう。ですが、貴国の断固たる姿勢は私が一分《いちぶ》も漏《も》らさずフシュターレ王へお伝えします」

「ちょ」

「それでは摂政殿下、私は急ぎ王宮へ戻らせて頂きます。――最後に私的なことを言わせてもらえれば、貴方《あなた》のような徳の高い御方と言葉を交わせたことは、誠に光栄でした」

ジーヴァは深々と一礼し、部屋を辞した。

ウェインとニニムは彼の背中が扉の向こうに消えるのを見送り、そのまましばし硬直した後、互いに見合って視線を重ねた。

「ええっと……ニニム？」

「……とりあえず、ジャガイモを用意してまいります」

ニニムに言えたことは、それだけだった。

第四章
心臓

兄のウェインが軍を率いて西へ向かってからというもの、フラーニャの日課には、私室のテラスから西の空を見つめる時間が追加された。

その行為がなんら益体《やくたい》のないものであることは、フラーニャも解っている。兄がまだ帰って来ないことは、兄からこまめに届く手紙が教えてくれることだ。どんなに目を凝《こ》らそうとも、兄の姿を捉《とら》えることは適《かな》わない。

とはいえ理屈で解っていても自制できれば苦労はしない。思えば兄が帝国に留学してる時も同じことをしていた。あの頃《ころ》は、見つめていたのは東側の空だったが。

誰《だれ》も口を挟まなければ、フラーニャは延々と空を見つめ続けるだろう。そして国王が病《やまい》に臥《ふ》せ、王子がいないナトラの王宮において、王女たるフラーニャの行いを諌《いさ》めることができる者は僅《わず》かだ。

「姫様、そろそろ部屋へお戻りなさいな。あまり風に当たるのは体によくありませんよ」

その内の一人、侍従《じじゅう》のホリィに部屋の中から呼びかけられて、フラーニャは振り向いた。

ホリィは恰幅《かっぷく》の良い年配の女性だ。肌は浅黒く、髪は短い。多民族国家であるナトラでもあまり見ない人種だ。出身は大陸の南方だそうだが、詳しくはフラーニャも知らない。物心ついた時には彼女が傍《そば》で世話をしてくれていた。

「もう少しだけ。お兄様の無事をお祈りしなくちゃ」

「寒いテラスでしようが暖かい部屋でしようが、祈りに違いはありませんよ」

「そんなことないわよ。神様だって辛《つら》い思いをしてる人のお祈りの方に耳を傾けると思うわ」

「でしたら返事は、まずは自分を労《いた》わりなさい、でしょうね。それにほら姫様、うかうかしてると焼き立てのパンケーキが私の胃袋に入っちゃいますよ」

「まあ。食べ物で釣ろうだなんて、ホリィってばずるいわ」

「せっかくの焼きたてを逃すなんて罪深いことをしてはならないと、私の神様が仰《おっしゃ》るもので」

そう笑いながらテーブルの準備をするホリィの姿と、僅かに届くパンケーキの香りを前にして、フラーニャはついにテラスから私室へと足を運んだ。

「ナナキ」

部屋に戻るやいなや、フラーニャは壁際に向かって声をかけた。

するとまるで壁からにじみ出てきたかのように、一人の少年の姿が露《あら》わになる。

名はナナキ。彼女の護衛であり、その透き通るような白髪と赤い瞳《ひとみ》が示す通り、ニニムと同じフラム人である。

「一緒に食べましょう」

「……」

ナナキはこっくりと頷《うなず》くと、フラーニャと共に席についた。その様子を微笑《ほほえ》ましそうに見守りながら、ホリィはパンケーキを切り分けていく。

「それにしてもお兄様、お手紙では元気そうだけど、本当に大丈夫かしら」

「そうそう弱音を吐くような方ではありませんからねぇ」

フラーニャと同じように、ウェインのこともホリィは長らく見てきた。彼の性格については時期によって差があるが、どの時期であっても自分の弱い部分は表に出さない子だったと思う。

「問題ない」

その時、黙々とパンケーキを口に運んでいたナナキが小さく呟《つぶや》いた。

「王太子には、ニニムがついてる」

ニニム・ラーレイ。ウェインの腹心であり、フラーニャにとっても姉のような人物。

「……そうね、お兄様とニニムが一緒ですものね」

フラーニャはウェインと同じくらい、彼女のことも信頼している。二人が一緒ならば、できないことなど何もないのだろうと思えるほどに。

「そうだわ。お兄様とニニムがいるのなら、私も遠征に参加したって問題は」

「ダメだ」

「ダメです」

即座に二人にダメだしされ、ふにゃあ、とフラーニャは机に突っ伏した。

「いくらなんでも危険ですし、今の姫様にはそれほど時間の余裕はありませんよ。政治の勉強をしたいと、ご自分で言いだしたことでしょう？」

「それはそうなのだけれどぉ」

これまでは蝶《ちょう》よ花よと育てられてきたフラーニャだが、最近は兄を手助けするために、勉学に励んでいる。しかし勉強というのは往々にして、身につく速度よりも億劫《おっくう》になる速度の方が上回るのが常であり、今では講義の時間が来るたびに思わず呻《うめ》き声が出てしまう。

「はあ……きっとお兄様は、私なんかじゃ想像もつかないような難題でも、軽々とこなしてしまうのでしょうね」

遥《はる》か西で今も獅子《しし》奮迅《ふんじん》の働きをしているであろう兄を想《おも》い、フラーニャは小さく息を吐いた。

◆◇◆

一方、当のウェインがどうしているのかといえば、

「やっ────べえええええええええ！」

妹の想いとは裏腹に、部屋で身もだえしていた。

「やっちまった、完全無欠にやっちまった……！　まさかあの程度で手を引くだなんてマジか

よ……マジだよ……ぬおおおおお！」

「欲をかいたのが裏目に出たわね」

応じるニニムはウェインと違い平静だが、表情は硬い。

「しかもさぁ！　めっちゃ噂《うわさ》になってるじゃん！　会議の内容！」

「護衛に口止めしなかったものね……」

外交の失敗に気を取られている内に、会議を見聞きしていた護衛たちからその内容は鉱山にいる軍や住人に流布《るふ》された。

しかも、そもそも会議の内容からして「金の力で強引《ごういん》に解決しようとしたマーデンの提案を、民や兵を思いやる王太子殿下《でんか》は断固として拒絶した」というものだ。

元よりウェインに心酔している護衛たちを通してこれが語られたとなれば、それはもうマーデンがいかに悪逆卑劣《あくぎゃくひれつ》な蛮族《ばんぞく》であり、ウェインがいかに天理《てんり》に通じた心優しい賢人であるかという内容になるのは必然だった。

その結果、

「マーデンめ。国を守るべく散った兵の死を侮辱《ぶじょく》するなど、道理を弁《わきま》えぬ畜生《ちくしょう》か！」

「外面《そとづら》は金で誤魔化《ごまか》せても、心の卑《いや》しさは隠せぬようだな」

「おお、しかしさすがは王太子殿下。何でも国家予算に匹敵《ひってき》する金を積まれても、頑《がん》として首を縦には振らなかったとか」

「あの方こそまさしく我らが誇り。王太子殿下の決断に泥を塗るような真似《まね》はできんな！」

というような具合で、軍の士気は最高潮。鉱山の住民も感動の涙を流し、どうか自分を王太子殿下の役に立ててほしいとこぞって名乗りを上げるほどである。

「もう今更撤退とかできる空気じゃないじゃん……俺《おれ》はただ金鉱山を売り払って大金をせしめたいだけなのに、どうしてこうなった……」

ぐえー、と机に突っ伏すウェイン。

そんな彼を慰《なぐさ》めるようにニニムは言った。

「……でも、私は良かったと思うわよ。今回の件を断って」

「はぁーん!?　どの辺が良かったんですかねニニムさぁーん!?　不良債権を金を貰《もら》った上で押し付ける絶好の機会を逃《のが》したんですけどぉー!?」

「でもその代わり、向こうの要求を呑《の》んで軍部のプライドを傷つけることになったわ。それは長い目で見れば、ウェインの統治にとって疵《きず》に」

「いや、そもそも俺そんな長く統治しないし即位したら帝国にとっとと身売りして――うおおおい!?　やめろ、俺の鼻にジャガイモを突っ込もうとするな……！」

ウェインはどうにかニニムの蛮行を阻止すると、奪い取ったジャガイモを手の中で転がしながら言った。

「何にしても、この鉱山から手を引くのは確定事項だ。ただ問題は最高のチャンスを逃した今、どのタイミングでそれを行うかになる」

「軍が徹底抗戦一色の今、成果もなしに撤退はありえないわね」

「マーデンは大軍を率いてくるはずだ。その戦力差を目の当《ま》たり《あ》にすれば、否応《いやおう》にも厭戦《えんせん》感情は強くなる」

「今の士気の高さと強さは相当よ。逆に奮起しちゃうんじゃない？」

「一戦やむなしとは思ってる」

不満そうにウェインは呟いた。

「血が流れれば自然と士気は落ちる。それに交渉が失敗に終わった今でもマーデンは早期解決を望んでるはずだ。膠着《こうちゃく》状態に持ち込めれば、講和を結んで金鉱山を買い取らせることもできるかもしれん……！」

「まだ諦《あきら》めてないの？」

「諦めきれるかっつーの！　ただでさえ遠征費用が嵩《かさ》んでるんだから、金をもぎ取れそうなら全力でもぎとるわ！」

「はいはい、解ったわよ。それじゃあマーデンの動向に目を光らせつつ、籠城《ろうじょう》戦を想定して準備を急がせるってことでいいわね？」

「それでいい」

ウェインは頷きさらに続けた。

「あとマーデンの王宮に内通者は入ってるよな？」

「ええ、生粋派《マーディア》と外来派《ステラ》に少人数ずつだけど」

「外来派《ステラ》の後押しと、鉱山の早期奪還を煽《あお》らせておいてくれ。不自然でない程度でいい」

「手配するわ」

「それとラークルムとペリントに陣地について話がある」

「了解、ついでに呼んどく」

ニニムは踵《きびす》を返して執務室を出ていく。

一人になったウェインは、しばらくジャガイモで手遊《てすさ》びした後、天井《てんじょう》を仰《あお》いだ。

「次の戦争、ハガルに任せっぱなしにはできそうにないな……俺も動くか」

◆
◇
◆

ラークルムの元にニニムが現れたのは、坑道の入り口に設営された拠点で、ペリントと坑道の場所と状態について話し合っているところだった。

「ラークルム隊長、殿下がお呼びです。ペリントさんも一緒に来るようにと」

「承《うけたまわ》りました。すぐ参ります」

兵の指揮や住民との交渉など、ラークルムが抱える雑務は大きい。しかしウェインから呼び出されたとなれば話は別だ。ラークルムはペリントを伴《ともな》い館へと向かう。

「ラークルム殿、一つよろしいか」

「何なりと」

最近のラークルムは業務内容的に、鉱山の顔役の一人であるペリントと過ごすことが多く、それなりに話せる間柄になっている。

だからこそペリントがその質問を口にしたのは、当然の流れと言えるだろう。

だが、

「あのフラム人の少女は、摂政殿下の愛妾《あいしょう》か何かなのか……？」

「……」

その瞬間、ラークルムは動きを止め、纏《まと》う空気が張りつめた。

ペリントは自分が間違いなく失言をしたと理解し、ラークルムの手が腰元の剣の柄に添えられたのを見て、死を覚悟した。

「……ペリント殿、そういえば貴殿《きでん》はマーデン人だったな」

「……その通りだ」

ペリントはゆっくり頷いた。即死は免《まぬか》れたが、まだ死がすぐ傍に揺蕩《たゆた》っているのを肌で感じた。

「ならば、不思議に思うのも無理はない。フラム人は西側ではよい扱いをされていないからな」

「……」

「ニニム殿は、王太子殿下にとってかけがえのない人物だ。愛妾という側面も確かにあるだろうが、それ以上に重要な補佐であり、また無二《むに》の友人でもある」

「それは……なるほど、どうやら失礼なことを口にしてしまったようだ」

「いや、謝る必要はない。むしろ気づかせてもらえて助かった。ここは王宮と違い、ニニム殿を知らない者が多くいるのだな」

ラークルムはしばし言葉を探るように瞼《まぶた》を閉じ、言った。

「ペリント殿、我らが王太子殿下は心優しく、誠に仕《つか》え甲斐《がい》のある御方《おかた》だ。だが全《すべ》ての王がそうであるように、触れてならない逆鱗《げきりん》を殿下も持っている」

「……」

「私が知る限り、これまで三人、公然とニニム殿を侮辱《ぶじょく》した者がいる」

「……その者たちは？」

「もういない」

言葉の意味するところをペリントは速やかに理解した。

「ペリント殿、私は貴殿に命令する権限を持たない。ゆえにこれは嘆願《たんがん》になるが、貴殿にも貴殿の配下にも口には気を付けるよう徹底してもらいたい」

「……承ろう。だがもしも、誰かが口を滑らせたら」

「その時は」

ラークルムは剣の柄を叩《たた》いた。

「速やかに無かったことにするのがいいだろう。怒った竜の息吹《いぶき》に焼かれるのが、その者だけですむとは限らないからな」

「……」

ペリントは黙り込み、二人は沈黙を引き連れてウェインが待つ館の執務室に到着した。

「殿下、ラークルムとペリントです」

「入れ」

ラークルムはペリントを伴って部屋に入る。ペリントの横顔が若干緊張してみえるのは、先の会話が少なからず影響しているのだろう。椅子《いす》に座るウェインの姿を認めると、彼らは揃《そろ》って膝《ひざ》を突いた。

「お呼びにより参上いたしました」

「私にも用向きがあるとのこと。何なりとご命じください」

二人の口上を受け取り、ウェインは頷き言った。

「先日のマーデンとの交渉決裂については耳にしたか？」

「はっ。聞《き》き及《およ》んでおります」

「ならば話は早い。マーデンと一戦交えることはもはや避けられないだろう。これから軍議を重ねて詳細を詰めることになるが、恐らくは鉱山に立て籠《こ》もって対抗することになるはずだ。そこで、先んじてお前たち二人に進めておいてほしいことがある」

ウェインはにっと笑い、その計画を口にした。

◆◇◆

ナトラ軍が着々と防衛準備を整える一方で、マーデン側も鉱山奪取に向けて動き出していた。

「兵の方は今どれほど揃っている?」

宮廷にて準備の陣頭指揮を執《と》るのは大臣のホロヌィエである。

「現在二万ほどになります」

「予定より少ないではないか。どうなっている」

「それが、生粋派《マーディア》のモナス家を筆頭に未《いま》だに出兵を渋る者たちが」

「この期に及んで無様《ぶざま》なことだ。これ以上駄々《だだ》をこねるならば王命により斬首《ざんしゅ》すると伝えろ」

「ははっ!」

部下たちに指示を飛ばし、次に彼が向かうのは王の待つ広間だ。

現れたホロヌィエに、フシュターレ王は苛立《いらだ》ちを隠そうともせずに言った。

「ホロヌィエよ、まだナトラの羽虫《はむし》共を滅ぼせんのか」

「王よ、もうしばらくのご辛抱を。必ずや勝利を捧《ささ》げますゆえ……」

「そんなことは当たり前だ！　いいか、奴《やつ》らは無礼にも話し合いでの解決を断りおった！　羽虫の分際で、私の顔に二度も泥を塗ったのだ！　これが許せるものか！」

フシュターレ王はそもそも外交での解決に乗り気ではなかったが、かといって断られるとはまるで考えていなかったようだ。ナトラ王国を圧倒的に格下であると考えている王にとって、話し合いを提案すれば、ナトラ側が卑屈《ひくつ》に媚《こ》びてくる以外に想像もつかなかったようである。

ホロヌィエとしては笑いが止まらない。おかげで外交による解決を主張していた政敵のミダン大臣は王から遠ざけられ、半ば失脚《しっきゃく》した形だ。さらに奪還作戦の采配《さいはい》は外来派《ステラ》の自分の手に任され、もはや邪魔する者はいない。

ここで金鉱山の奪取に成功すれば、王宮での地位は盤石《ばんじゃく》だ。目障《めざわ》りな生粋派《マーディア》を駆逐し、ろくに政治を知らない王に代わって一国を牛耳《ぎゅうじ》れるだろう。

（だが、このような小国で満足する私ではない……もっと大きなものを手にしてみせよう）

膨れ上がる野心と、それを成就する道筋がハッキリと見えることに、ホロヌィエは歓喜する。

そんな時、ホロヌィエにとって重要な人物の声が届いた。

「王よ、此方《こちら》におられましたか」

現れたのは具足《ぐそく》を纏《まと》う一人の美丈夫《びじょうふ》だ。

彼こそ外来派《ステラ》に属し、その全面的なバックアップを受けて若くして将軍の位についた男、ドラーウッドである。

「到着が遅れましたこと、お詫《わ》びいたします。ドラーウッド、お召しにより参上いたしました」

「ふん、ようやくか……」

臣下の礼を取るドラーウッドを見て、フシュターレは仏頂面《ぶっちょうづら》で鼻を鳴らした。フシュターレはドラーウッドを嫌っており、その理由が自分とは比べ物にならない端正《たんせい》な顔立ちに嫉妬《しっと》しているからであることは、家臣たちの間では周知の事実だ。それでもこの期《ご》に及べば、いくらフシュターレといえど顔を理由に遠ざけることはしないが。

もっとも、ドラーウッドが若く顔が良いのは偶然ではない。顔立ちが整っていれば自《おの》ずと民衆の人気も取りやすく、若ければ経験不足から操縦も取りやすい。能力よりも政治的な面を重視した上で外来派《ステラ》によって押し上げられたのがドラーウッドなのである。

「よくぞ戻られました、ドラーウッド将軍。西方の守りではさぞご苦労なさったでしょう」

「なんの、大きな衝突もなく落ち着いたものでした」

それはそうだろう。マーデンの西方は安定しており、将軍として守りを務めたという看板を得るためだけの場所だ。どんな無能でも失敗はしない。

「真に苦労を強いられているのは、今もナトラへの警戒を続けている兵士たちでしょう」

外来派《ステラ》と繫《つな》がっているドラーウッドは、当然東側で起きたナトラとの戦争についても承知している。

「そのナトラから我が国の領土を奪い返すために、貴殿に指揮を執って頂く。承知していただけますな?」

「もちろんです」

ドラーウッドは力強い笑みを浮かべた。

「ナトラといえば、レベティア教の教えを解さぬ下賤《げせん》な蛮族の集まり。そのような連中に愛する国を切り裂かれたと聞き、忸怩《じくじ》たる思いを抱えていました。我が王と神の名において、奴《やつ》らに身の程を教えて差し上げましょう」

かくして、マーデンは金鉱山奪還のために軍容を整える。

集められた兵士はのべ三万。総指揮を執るのはマーデンの外来派《ステラ》における武の象徴であるドラーウッド。

大陸の季節が夏を迎える頃《ころ》、ナトラとマーデンの両軍はぶつかることになる。

◆◇◆

ジラート金鉱山は、主要な採掘場となっている鉱山から、くるりと弧を描く尾根《おね》が伸びているのが特徴だ。上空から俯瞰《ふかん》すれば、さながら巻かれた獣の尻尾のように見えるだろう。鉱山の頂点付近は比較的傾斜がなだらかだ。とはいえあるのは岩と砂ばかりで、採掘も鉱山中腹の坑道から行われている。踏み入る者はほとんどいない。――これまでは。

今、鉱山の頂点にはナトラ王国軍の本陣が設営されていた。

「いやしかし、壮観だな」

本営の端から山麓《さんろく》を見下ろしながらウェインは呟いた。

彼の目に映るのは、鉱山を取り囲むように布陣したマーデンの軍勢だ。その数、実に三万。

「五千対三万。普通に考えたら絶望的ね」

隣に立つニニムが息を吐く。五千というのは、この鉱山に籠《こ》もっているナトラ側の兵力である。

もちろん籠もるに当たって物資を鉱山内部に蓄えるなど、準備は入念にしてあるが――それでも絶望的な兵力差だ。

だというのに、ウェインにもニニムにも悲壮な様子は一切《いっさい》無い。

「鉱山の表に二万五千、裏手に五千ってところか」

「鉱山の裏は切り立ってとても登れないものね。それにしたって、裏の布陣は手抜きすぎに見えたけど」

「ま、そりゃそうだろう」

ウェインはお見通しとばかりに言った。

「俺らを皆殺しにすることが相手の目的じゃないしな。むしろ裏から逃げられるなら逃げてくれって思ってるさ」

そしてそれこそが、圧倒的な戦力を持つ敵軍の付け入る隙《すき》であることを、ウェインはしっかりと理解していた。

「ニニム、皆は？」

「集まってるわ」

「オーライ、それじゃ開戦前に最後の打ち合わせをするか」

そう言って、ウェインとニニムは設置された天幕の一つに向かった。


「ドラーウッド将軍、布陣の方が整いました」

「ご苦労」

ウェインたちナトラ軍が山から下界を見下ろす一方、鉱山を見上げているのがマーデン軍だ。

マーデンの財に物を言わせてかき集めた兵数は実に三万。マーデンの歴史上でも屈指の大軍を預かるのは、さしものドラーウッドといえど初めてのことだったが、彼の端正な横顔に緊張や不安といった感情は浮かんでいない。

むしろ今の彼が抱く感情は、哀れみに近いものだ。

「この大軍を前にして、逃げださずに籠城とは……愚《おろ》かなことだ」

「そこは勇気があると褒《ほ》めるところでは？」

副官が揶揄《やゆ》するように応《こた》えるが、ドラーウッドは痛ましげに頭を振る。

「こんなもの、蛮勇とすら言えんよ。戦力差という人間ならば誰もが持っている物差しを手にしていないだけだ。まったく、獣のごとき無知蒙昧《むちもうまい》ならば、せめて獣らしく引き際程度は心得ていればよいものを。そうすれば、流れる血も減るというのに」

「さすが将軍、敵に同情してやるとはお優しいことで」

「人と人の戦ではなく、三万の軍勢で獣を狩り立てるだけの作業でしかないとなれば、こうもなるさ」

ドラーウッドは鉱山の天辺に目をやった。

「苦しまぬよう速やかに仕留めてやろう。それがせめてもの慈悲《じひ》だ」


「――予定通りだ」

ウェインは軍議の席につくと、真っ先にそう口にした。

天幕の中にいるのはナトラ軍の指揮官たちだ。当然、ラークルムやハガルの姿もある。

彼らの間に動揺はない。ウェインの言葉が虚勢《きょせい》ではないことを、この場にいる全員が知っていた。

「向こうの王宮で煽《あお》らせた甲斐《かい》があった。敵は間違いなく短期決戦を狙《ねら》ってる」

「大軍で威圧《いあつ》し、我らが逃げるのならばそれでよし。逃げなければ、兵力差で一気に奪還する、ということですな」

「ああ。これなら勝ち目は十分にある」

ウェインたちナトラ軍にとって最悪なのは、絞った兵力での耐久戦を仕掛けられることだ。大軍を用意するのではなく、数千程度の兵で鉱山を警戒させ、その間、鉱山を起点としたナトラ軍の補給や交易をひたすら妨害する。

未《いま》だに鉱山周辺にはマーデンの支配域が多く、鉱山は半ば孤立《こりつ》している形だ。鉱山を守るための兵力を維持し続けるのも楽ではない。真綿で首を締めるように追い詰められれば、先に音《ね》を上げるのはナトラ側だろう。

しかしマーデンはそれをしなかった。金鉱山という金脈にして命脈を敵国に握られているという不安が、その選択肢を取らせなかったのだ。

「三万の兵は相当無理して引っ張り出したのは間違いない。維持のために消費される資金は元より、国境の防衛もかなり手薄になってるはずだ。となると、あの三万を保っていられる時間は、そう長くない。恐らくは――一カ月が限度」

密偵などからもたらされた情報を統合しての結論だ。精度は高い。

そして一カ月防衛してマーデン軍を撤退させられれば、ナトラ軍は相手を撤退させたことで自尊心が満たされ、マーデン側は武力で取り返すのが難しいと認識を改めるだろう。

（その時こそ、二度目の講和のチャンス……！）

今度こそ逃すまい。

決意を胸に、ウェインは言った。

「行くぞお前たち。──泥沼の一カ月の始まりだ」

◆◇◆

最初に動いたのは、当然というべきか、マーデン軍だった。

鉱山の表側には三つの山道がある。その三つ全てから同時にマーデン兵たちは駆け上がった。

もちろん全ての山道にはナトラ兵が詰めており、すぐさま剣戟《けんげき》の音が木霊《こだま》し始める。

「走れ！　仲間の骸《むくろ》を乗り越えてでも進むのだ！」

「止めろ！　奴らを道から蹴《け》り落とせ！」

互いの兵士の怒号と指揮官の檄《げき》が飛び交い、戦場を熱気が包む。

緒戦《しょせん》の攻防は全くの互角だ。攻める側と守る側、両方の奮闘が如実《にょじつ》に表れている。

「ほお、ナトラも意外にやるようで」

「ははは、死の淵に追いやられてまさしく必死なのでしょう」

「あの勢いがいつまで持つのか見ものですな」

勝負は緒戦《しょせん》で圧勝すると考えていたマーデンの各指揮官たちは、予想と外れた光景にそんな感想を抱く。

もちろん彼らの余裕は崩れない。敵の奮戦など一時的なもの。ましてこちらの圧倒的兵力を見れば、どうして勝利を不安視できるものか。

(数刻としないうちに、山の三合目ぐらいまで奪えそうだな……)

王宮の方には一週間以内に落とすと確約してある。この様子では、半分以下ですむかもしれない。遠からず訪れる凱旋《がいせん》の時を思い、ドラーウッドは小さく笑った。

そしてドラーウッドの予想通り、兵士たちが戦場の空気に慣れ始めた頃、戦況に変化が生じた。

ただしそれは、ドラーウッドの予想を大いに裏切る形で。

「……なんだこれは」

マーデン兵が、押し返されつつあった。

「どうなっているのだ……」

山頂の端から下の戦場を覗《のぞ》き見ながら、ペリントは困惑していた。

戦争にあたって、鉱山の民の非戦闘員はナトラ国へ避難した。残っているのは兵士として徴集された者たちだ。とはいえろくな戦闘訓練を受けていない彼らは、主に工兵として働いているが。

ペリントもまた、そんな彼らの纏《まと》め役として現地に残り、こうして戦場の只中《ただなか》に立っているのだが——胸中には不安と疑問が渦巻いていた。

敵兵は三万。三万だ。それだけの兵力が攻めてくると聞いた時、ペリントは死を確信した。しかし元よりマーデンの統治下であったなら、数年で死んでいたであろう身。王太子殿下の恩に報いるつもりで散るのも良い——そう思って残っていた。思っていたのだが。

「なぜこちらが優勢でいられる……?」

戦況は予想に反し、山道を使って攻めてくるマーデン兵を、山道の途中に築いた防御陣地を軸にしてナトラ兵が次々と撃退しているというものだった。

ペリントが戸惑いつつ下界を眺めていると、声が届いた。

「その理由はいくつかある」

ペリントはぎょっとして振り向いた。

「お、王太子殿下⁉」

「そのままでいい」

慌てて跪《ひざまず》こうとするペリントを手で制し、ウェインは彼の隣に立った。

「まずは単純に兵の練度の違いがある。マーデン軍の後ろの方を見てみろ。白っぽい一団があるだろ」

「は、はい。あれは……？」

「この軍を率いているドラーウッドの精兵だ。白く見えるのは甲冑《かっちゅう》に光が反射してるからだな。対して今、山麓で戦っているマーデン兵はどうだ？」

「……ろくな装備をしていませんね」

「その通り」

ウェインは頷いた。

「マーデン軍の大半は金でかき集められた農民だ。ドラーウッドは精兵を出し惜しみ、訓練も受けてない農民をぶつけてきたわけだな。しかしこちらの兵は帝国式の教練を受け、さらにマーデンを一度打ち破って自信と自負を得ている。雑兵《ぞうひょう》ごときがそうそう打ち破れるものではない」

さらに、とウェインは続けた。

「この時期は山頂から山麓《さんろく》に吹き降ろす風がよく吹いている。おかげでこちらの弓矢は風を摑《つか》んで敵軍の深部まで届くが、相手の弓矢は途中で落ちていく。山麓から見えにくい場所に防衛用の拠点や空堀《からぼり》をいくつも用意し、相手の攻め手を鈍《にぶ》らせている。――だがな、何よりも重要なのはこの地形だ」

「地形ですか？」

「五千対三万。数字にすれば恐ろしいが、見てみろ。いま戦ってる兵士の数はどれほどだ？」

言われてペリントははっと気づいた。三万の敵兵。しかしその実、大半が周りを囲んで突っ立っているだけだ。戦っている兵士は、せいぜい数百だろう。

「山道の幅は決して広くない。万の兵士を敷き詰めることなど到底不可能。結果として、五千と三万から数百人ずつ選出してぶつけあってる形になる。笑えるだろうペリント、奴らがかき集めた兵士は万単位の無駄飯《むだめし》食らいになってるわけだ」

「そうか……私たち鉱夫に山肌を削らせ、山道以外の山肌の傾斜を急にさせたのは、このためだったのですね？」

「そういうことだ。寸鉄《すんてつ》を帯びない身軽な足ならともかく、剣や槍《やり》を抱えて登るのは辛《つら》い傾斜だ。よじ登ろうにも、上にはナトラの兵士が待っている。奴らは山道を使わざるをえない」

「ですが、恐れながらマーデン兵が新たに道を敷設するということは……？」

「当分はしないだろうな」

ペリントの問いにウェインは頭を振る。

「山道が無ければそうしただろう。あるいはもっと細く、少なければ自分たちで道を作ろうと考えたかもしれん。だが道は三本ある。戦えないわけではない。新たに作ろうとすれば時間もかかるし道具も必要だ」

ウェインはにっと笑った。

「だから手間を惜しむ。楽をしたがる。低きに流れる。このまま力押しですませようと思ってしまう。――そう思わせるのが、俺の戦争だ」

「……」

ここにきてペリントはようやく理解する。

この少年はただ優しいだけの人間でなければ、民を愛するあまり玉砕するつもりでこの戦《いくさ》に臨んだわけでもない。彼の脳裏《のうり》には余人の及ばぬ世界が広がり、そこには勝利への道筋があるのだと。

「さて、世間話はここまでだ。ペリント、例の件はどうだ?」

「あっ……ははっ！　工事の方は完了し、いつでも利用できます」

「上出来だ」

ウェインの目が一点を見据える。それはマーデンの本陣。そこにいるはずの指揮官、ドラーウッド。

「今頃《いまごろ》予定外のことに悔しがっているんだろうが……もう少し、俺の手のひらで踊ってもらおう」

◆◇◆

「——こんなバカげたことがあっていいのか！」

天幕の中にドラーウッドの怒声が響いた。

顔を俯《うつむ》かせて押し黙るのは他《ほか》の指揮官たちだ。総指揮官であるドラーウッドの怒りの矛先《ほこさき》から逃れようと、武張《ぶば》った肉体を精一杯縮こまらせている。

「三万対五千だぞ……！　だというのに、なぜあんな山の一つを制圧できないのだ！」

開戦から、既に三日が経過していた。

しかしその間のマーデン軍の成果はほぼゼロと言って差し支えない有様《ありさま》だ。

調査の結果、ナトラ王国軍は山の一合目、二合目、三合目と節目ごとに主要な防衛用拠点を作っていた。そして鉱山内部に物資を大量に保管し、拠点を経由しながら素早く前線に補充させ、闘い続けるという形を取っている。

この拠点が固い。拠点の前には深い空堀が掘られ、掘り出した土で壁を作っている。配備された兵士も精強そのもの。堀を駆け上がろうとするマーデン兵を巧みな連携で追いやり、疲労や負傷をすればすぐさま後方の人員と入れ替わる。

マーデン側の準備の不足も響いた。いわばナトラ軍は山を丸ごと城塞へと作り替えたわけだが、マーデンが用意したのは野戦用の装備ばかりだ。城攻めには向いていない。

もちろん他に使える道はないか、防陣に隙はないかなど、調べてはいるが——成果に結びつかず、この体《てい》たらく。大量の物資は今も消費され続け、兵士は遅々として進まない攻略に士気を落としかけている。

「おのれ蛮族どもが……！」

ドラーウッドの怒りは冷めやらない。蛮族と侮《あなど》っていた相手に、今のところ手玉に取られているのだ。怒りで覆《おお》い隠しているが、内心のプライドは大いに傷ついている。

そんな時、天幕に伝令が飛び込んだ。

「失礼します！」

「何事だ！　今は軍議の最中だぞ！」

ドラーウッドが苛立《いらだ》ち混じりに睨《にら》みつけると、伝令は体を震わせながら言った。

「も、申し訳ありません。ですが、周辺調査をしていた兵から重要な報告が……」

そう言われては矛《ほこ》を収めざるをない。ドラーウッドは軽く舌打ちし、伝令に先を促した。

「報告とはなんだ」

「はっ……実は、鉱山内部に繋がっている可能性のある、古い坑道《こうどう》を発見したとのことです」

「なにぃ⁉」

指揮官たちの間にざわめきがさざ波のように広がった。

「詳しく話せ。場所はどこだ⁉」

「おい、鉱山周辺の地図を持ってこい！」

慌ただしく天幕の中に地図が広げられる。

地図に記載されたのは主体となる鉱山と、そこから弧を描いて伸びる尾根。伝令が指示したのは、尾根の根元付近だった。

「尾根のこの部分に洞窟《どうくつ》を発見し、中を調査したところ、明らかに人の手によるものと思われる坑道があったそうです」

「洞窟の部分は自然のものか？」

「はい。これは発見した兵からの所見《しょけん》にすぎませんが、坑道内部を掘り進めるうちに洞窟に到達し、破棄したのではないかとのことです」

「坑道がどこに続いているかは、まだ確認していないのだな？」

「相当長いものではあるようですが、まだです。まずはこちらの判断を仰ぐべきと」

伝令はそう締めくくり、場にいる指揮官たちは顔を見合わせた。

苦境の中で降って湧いた、敵軍の心臓部《しんぞうぶ》へ届く可能性のある道。ここでの対応が重要な岐路になるとこの場の全員が確信した。

「ドラーウッド将軍、一刻も早く調査をしましょう。坑道が本当に内部へ続いているのならば一気に戦局を変えられますぞ」

「調査などまどろっこしいことをせず、二千ほど直接送りこめばよいのでは？　幸い——とは言いにくいですが、後方で待機してるだけの兵士は数多いのですし。空振りならば、兵士を戻せばいいだけでしょう」

「あまり大量の兵を動かしては敵に気取《けど》られる可能性もあるのでは？　せっかくの不意打ちのチャンスを逃しかねません」

指揮官たちが次々と意見を交わし、それらを耳にしながら黙然《もくねん》としていたドラーウッドは、やがて小さく呟いた。

「――よし、決めたぞ」

◆◇◆

開戦から一週間が経過した。

戦場には微妙な倦怠《けんたい》感が漂《ただよ》いつつあった。

防御を抜けないマーデン軍と、城塞化した鉱山から出られないナトラ軍。両軍の衝突は三日目をピークに膠着《こうちゃく》し、次第に睨み合う時間が増えていった。

この日も山道の入り口付近で散発的にぶつかり合うだけで日が暮れ、両軍ともに野営の準備に入り、見張りを残して多くの兵士たちは眠りについた。

動きがあったのは、深夜だ。

場所はマーデン軍が発見した尾根の洞窟である。

洞窟周辺は木々に囲まれ、見通しが悪い。月が雲でかくれていることも相まって、不気味なほど闇《やみ》が深い。洞窟の内部にいたっては、その闇を煮詰めてぶちまけたかのごとき有様だ。

しかし今、その洞窟の中からにじみ出るようにして何かの影が現れた。

一つではない。二つ、三つと音もなく影は続く。そして影は瞬《また》く間に十数にまで膨れ上がり――

「――火を灯《とも》せ！」

突如として洞窟周辺を松明《たいまつ》の明かりが照らし出した。

浮かび上がるのは洞窟の前で驚きに目を見張る十数人の人間たちと、松明を手にし、それを取り囲むように布陣した百人以上のマーデン兵である。

「罠《わな》だ！　洞窟に戻れ！」

洞窟の前の集団の一人が叫んだ。

「追え！　一人も逃がすな！」

負けじと取り囲んでいた者たちの中の誰かが叫び、二つの集団は片や追われる者、片や追う者として同時に動いた。

（ドラーウッド将軍の読み通りだ……！）

自らも追走劇に参加しながら会心《かいしん》の笑みを浮かべるのは、ここの指揮を任された指揮官であるアングリルだ。

戦争開始から三日目。ここの洞窟の存在を知ったドラーウッドはこう言った。

「まず、洞窟の坑道が本当に内部まで繋がっているかは解らない。だが、もしも繋がっているのならば、ナトラ軍がその坑道を知らないということはまずないだろう」

「……確かにその通りでしょうな」

ナトラ軍は鉱山を占拠した際に、当然内部の調査もしているだろう。さらに鉱山を利用していた鉱夫も抱えているのだ。気づかない方がおかしい。

「となればナトラ軍としての対処は二つだ。心臓部への敵の突入を許しかねない道を埋めるか、利用するため残しておくか。私は後者を選んだと確信する」

「それはなぜです？」

「坑道はいざという時の脱出経路になる上に、我が軍に不意打ちを仕掛けるため密《ひそ》かに兵を出すことも可能だからだ。我が軍に発見されたと分かれば埋めようとするだろうが、そうでなければ手札の一つとして残しておくだろう」

「では如何《いかが》致しますか？　やはりすぐさま兵を送り、中に突入させるべきでしょうか？」

「いや、ここは一つ、獣を罠にかけてやろう」

ドラーウッドは歪《ゆが》んだ笑みを浮かべる。彼の胸中には、蛮族と侮《あなど》っていた者たちに手痛い反撃を食らったことに対する屈辱があり、ナトラ軍を罠にかけることで、傷ついたプライドを慰《なぐさ》めようとする思いが生まれていた。

しかしそのような思いは他の指揮官も大なり小なり抱いていたため、誰一人としてドラーウッドが些《いささ》か以上に冷静を欠いていることを指摘できなかった。

「これよりしばらく、我が軍は戦いを流し膠着させる」

「よ、よろしいのですか？」

「構わん。そして我らが動かなくなれば、ナトラの蛮族どもは好機と考え、さらにかき乱そうとしてくるだろう。その時、本当に内部と繫がっているのならば、あの洞窟を利用する可能性は高い。……アングリル！」

「はっ！」

アングリルはすぐさま敬礼をした。

「お前はこれより、五百の兵を率いて洞窟の周辺に兵を潜ませろ。そして奴らが洞窟から這《は》い出《だ》してくれば、そやつらを殺し、一気呵成《いっきかせい》に内部まで突入するのだ。今、奴らが我らの攻撃を跳ね返しているのは山道という地の利があってのこと、平地で戦えば恐れるに足りん。そして寡兵《かへい》の奴らにとって、兵士が数十人死ぬだけでも相当な痛手だ」

「お任せください！　洞窟から這い出してきた愚《おろ》かな犬どもを、必ずや血祭りにあげてみせます！」

かくしてアングリルは洞窟周辺に身を潜ませ、それから四日後の夜の今、こうして洞窟に逃げ込んだナトラ兵を追いかけていた。

「走れ走れ！　決して逃がすな！」

兵士に檄を飛ばしながら、アングリルもまた松明を片手に薄暗い洞窟の中を駆け抜ける。

洞窟の坑道は内部に通じている。確定だ。後は兵士たちと共に内部へ突入し、鉱山の内側からナトラ軍を食い破ればいい。第一功は間違いなく自分になるだろう。

（しかし、逃げ足の速いことだ）

内心で嘲笑《ちょうしょう》と感心をアングリルは抱く。

奴らが洞窟から這い出てきた際に、完全に虚《きょ》を衝《つ》いたと思った。しかし奴らは素早く転身して洞窟の中へ逃げ込み、一人も討《う》ち取《と》れていない。

（何人かで足止めして、その間に内部に危険を知らせるべきだろうに、自らの命欲しさに一目散に逃げだすとは所詮《しょせん》は獣だな）

しかし獣だけあって足の速さは本物だ。相手はろくな明かりもないのに、洞窟の中を転がりもせずに奥へ奥へと向かっていく。

（――む、あれは）

アングリルの目が捉えたのは洞窟の深奥《しんおう》に開いた坑道だ。その周囲にだけかがり火が焚《た》かれており、ナトラ兵たちは一目散に坑道へ逃げ込んでいく。

「あの坑道へ逃げたぞ！　追え！」

叫びつつも、アングリルは僅かに息が切れてきたのを感じる。

だが仕方のないことだ。剣を持ち、鎧《よろい》を着こんで全力疾走すればこうもなる。周りの兵たちも同じような有様だ。

（……あれ？）

坑道の入り口に差し掛かったところで、アングリルは不意に思った。

敵は、どうだった？

自分たちは全員が剣と鎧を纏う完全装備である。当然だ。敵と戦いに来たのだから。

しかし、前方を行くナトラ兵はどうだ。

（……身に着けてない。何も）

坑道の中に入り、ナトラ兵を追いかける。追わなくてはいけない。そのためにきたのだ。

だが待て。何かがおかしい。坑道を駆け抜けながらアングリルは自分の中で警鐘《けいしょう》が鳴るのを感じた。

武器も防具も身に着けていない敵。虚を衝いたはずが華麗に転身し逃げ出した敵。数十キログラムもの重量差があるのに、未《いま》だにつかず離れずの距離にいる敵。

（もしかして）

追いかける。追いかけながら後ろを見る。何十人とついてくる兵士たち。決して広くはない坑道。停止と転身など今更命じられるはずもない。

（俺、誘いこまれ）

次の瞬間、頭上で轟音《ごうおん》が鳴り響き、衝撃と共にアングリルの意識は闇に消えた。

◆◇◆

「――失敗した、だと？」

伝令からもたらされた報告に、ドラーウッドの顔は色を失った。

「はっ……ご指示通り洞窟周辺で待機していたところ、洞窟より現れた十数人のナトラ兵と思《おぼ》しき者たちを発見しました。そしてアングリル隊長の指揮の下、洞窟に逃げたその者たちを追跡し、洞窟内部の坑道へ至ったのですが……」

「ですが、なんだ。何が起きた！」

「……落盤です。坑道が崩れ、先行していたアングリル隊長共々、百人余りの兵士たちが押し潰《つぶ》されました」

「……」

ドラーウッドは唇を震わせ、持っていた木製の椀を握りつぶした。

「おのれ――おのれおのれおのれえ！」

椅子《いす》を蹴り上げ拳《こぶし》を叩きつけ、なおドラーウッドの怒りは収まらない。

「神の教えを解さぬ犬畜生の分際で、よくも私をここまで虚仮《こけ》に……！」

「しょ、将軍、どうか気を落ち着かせてください」

「そ、そうです。確かにアングリルを失ったのは痛手です。ですが被害としては、たかが百。万の兵の内の百人にすぎません」

指揮官たちの言い分にも一理あった。開戦から多少死者や負傷者が出たものの、戦える兵士はまだ余裕で二万以上だ。そこから百人削れたとしても、大勢には響かない。

「きっと、ナトラの連中はしてやったりと祝宴でも開いているでしょう。しかしそんなものは奴らの勘違いにすぎません。百人で奴らの逃げ道を塞《ふさ》いだと思えば、むしろ勝ったのは我らの方です」

まくしたてるように言葉を並べられ、ドラーウッドもようやく落ち着きを取り戻す。大きく肺の中の息を吐きだすと、倒れた椅子を戻してかけ直した。

「……そうだな、お前たちの言う通りだ。百人。たった百人だ」

そして伝令へ目を向ける。

「落盤の復旧は可能そうなのか？」

「報告では、一、二カ月はかかるものと」

「ならば此度《こたび》の戦争では死んだ道も同然だな……」

視線を天幕の上へ。その先にある鉱山の山頂を睨みつける。

「せいぜい浮かれていろ、蛮族ども。この程度の傷、我が軍にはなんら影響はない……！」


「——あるんだなこれが」

奇《く》しくものその頃の山頂の天幕にて、ウェインはそう笑った。

「ほんとに？　だって三万の中でたかが百人よ？」

問いかけはニニムのものだ。二人きりであるがゆえ、その口調は砕けている。

「ニニムの言う通り、兵力という意味じゃマーデンに与えられた被害は軽微だ。ギリギリまで引き付けて落盤を起こしたとはいえ、所詮は狭い坑道だしな。鉱夫たちは上手《うま》く仕掛けてくれたけど、あの罠でこれ以上の成果は望めなかっただろう」

でもな、とウェインは続ける。

「そもそも今回の狙いは兵じゃないんだよ」

ニニムは首を傾《かし》げた。

「兵じゃないなら何を狙ったのよ？」

するとウェインは親指で自らの胸を軽く叩いた。

「軍を御する将の心。俺が狙い撃《う》ちしたのは、そこだ」

思い当たることがあったのか、ニニムは得心《とくしん》したような顔になった。

「相手の総大将について入念に調べさせたのは、そのためだったのね」

「ああ。かいつまんでドラーウッドのことを説明するとな、こいつは外来派《ステラ》のエリートで、レベティア教に傾倒《けいとう》してる。当然、ナトラ王国なんて蛮族共の集まりだと思ってるだろう」

「……だというのに、開戦から鉱山の攻略は遅々として進まずにいるとなれば、相当なストレスでしょうね」

「そこに舞い込んだ、鉱山内部へ続く坑道の情報だ。挽回《ばんかい》のチャンス。だがドラーウッドは欲を出した。ただ兵を差し向けるだけで満足せず、罠を張って追い詰めることで自分が蛮族よりも格上であると証明しようとした」

「結果、さらなる屈辱を味わわされたってわけね」

「そういうことだ」

ウェインは手元の机に広がる地図を見る。ずらりと並ぶのは敵兵の駒《こま》。対して鉱山に密集したこちらの駒の数はあまりに少ない。

「五千の兵で三万を倒す術《すべ》は俺にはない」

だが、とウェインは言った。

「三万の兵の後ろにいる指揮官なら、俺は狙える」

ウェインの指が、敵の駒の一番奥にある、本陣を示す駒を摑んだ。

「心の傷は深く新しいほどに人の判断を惑わせる。ドラーウッドが傷つけば傷つくほど、マーデン軍の動きは鈍り、俺たちナトラ側の望む展開へと転がるってわけだ」

駒を弄ぶ主君を見ながら、ニニムは肩をすくめた。

「前から思ってたけど、ウェインって結構性格悪いわよね」

ウェインはにっと笑った。

「実を言うと、それが自慢なんだ」

◆◇◆

「進め進めぇー！」

「今日こそ目障りなその陣地を落とすのだ！」

「「おおおおおおっ！」」

翌日より、マーデン軍は一転して苛烈《かれつ》な攻勢を始めた。

先日の損失など何の痛痒《つうよう》もないと主張するかのように、数に物を言わせてひたすら圧力をかけ続ける戦術は、シンプルであるがゆえに破りにくい。何度跳ねのけようとも尽きない敵の攻撃に、さしものナトラ兵にも被害が広がる。

そして数日後、これ以上は支え切れぬと、三本の山道の一合目付近の防陣をナトラ兵は破棄。上方へと兵を退ける。

この報告にはしかめ面をしてばかりいたドラーウッドも笑みを浮かべ、マーデン兵の方もよ

うやく手ごたえを感じ、全軍に安堵《あんど》が広がった。

——そして、その隙を見逃すウェインではなかった。


「ラークルム」

「はっ」

月の浮かぶ深夜、山頂にてウェインとラークルムは立ち並ぶ。

眼下には寝静まるマーデン軍。夜警は立てているが、そこには確かな油断を感じ取れる。だが無理もない。大軍で包囲しているのは彼らであり、これまでも夜襲を仕掛けたことはあっても仕掛けられたことはない。まして今宵《こよい》は、ようやく相手に一矢《いっし》報いることのできた気分のいい夜だ。農民主体の軍では、気が緩《ゆる》むのも当然だろう。

だからこそウェインはラークルムに言った。

「派手にやれ。ただし、先のポルタ荒原《こうげん》の時みたいに遊ぶなよ」

「お任せあれ」

ラークルムは力強く頷き、傍《かたわ》らの馬に飛び乗った。

馬は事前に鉱山の天辺に引き上げられており、ラークルムの背後には馬に乗った兵士たちがおよそ三十騎、出撃の時を待っていた。

「では始めるぞ。——総員、私に続けぇ！」

ラークルムの号令と共に、三十騎の騎馬が一斉に夜の山の斜面を駆け降りた。

馬で素早く山を下りて、ありったけの松明で敵の天幕に火をつけて回り、捕まらぬよう移動し続けて火を広げる。

ラークルム隊がウェインから下された指示はそれだけだった。

だが同時に、指示を実行するためにもたらされた情報はそんなものではなかった。

「この一週間、敵の動きを観察して判明したことを今から教える」

夜の警邏《けいら》の配置と巡回範囲。狙い目である練度が低い部隊が休んでいる場所。風向きから考えた火の広がり方の予測。それらに伴う侵入、進行、脱出のルート。

地図を広げ、駒を置き、ウェインの口から精緻《せいち》に語られるそれらを耳にして、ラークルムは感嘆を隠せない。

ウェインの口にしていることは、時間をかけてマーデン軍を俯瞰《ふかん》し、検証し続けていれば解ることだ。しかしそれができる人間がどれほどいるのか。

さらにウェインは開戦の前から、馬でこの鉱山を駆け降りる訓練をさせていた。その頃から今の絵図を頭の中に引いていたのだ。

「計画は以上だ。質問はあるか?」

あるはずがない。

抱くのは、この作戦は成功するという確信だけだ。

——そして今。

混乱の広がるマーデン軍の中を、三十騎のナトラ兵が駆け抜けていた。

「なんだ、何が起きてる⁉」「寝てる奴を起こして火を消せ！　どんどん燃え移るぞ！」「騎馬隊だ！　騎馬隊が火を投げたのを見た！」「どこだ！　そいつらはどこに行った⁉」

怒号と悲鳴がひっきりなしにラークルムの周囲を飛び交い続ける。

だが届くのはそれだけだ。マーデン兵が混乱から立ち直り、弓や剣を構え、ラークルムたちに照準を合わせる時には、既に彼らは遠く離れた場所に駆け抜けている。

「隊長、笑えるぐらい作戦がハマりましたね！」

ラークルムに向かって、後方から隊員の弾んだ声が届く。

状況を見れば順調であることに疑いはなかった。山を駆け降りた部隊は、相手が対応する前にマーデン兵たちが眠る野営地に突入。誰にも阻《はば》まれることなく火を広げ続けている。

「はは、見ろよマーデンの連中。武器も持たずに右往左往してるぜ」

「おかげで我らは素通りだ。奴らのボンクラぶりに感謝しなくてはな」

作戦が上手く行っているゆえか、隊員たちの顔には余裕がある。

しかし彼らに反してラークルムは気を張りつめていた。

いわばマーデン軍という名の静かな海に飛び込み、波を荒立たせたこの行為が順調なのは、ひとえにウェインのもたらした海流の情報があるからこそだ。しかしこちらが荒立たせたことで海流には大きな変化のうねりが生じるだろう。

三万の海からすれば三十の部隊など小石でしかない。海流の変化を読み間違えれば一瞬にして粉砕されるのは必至だ。

もっとも、だからこそ隊長に選ばれたのが、このラークルムなのだが。

「——左方転回！」

ラークルムの指示に従い、騎馬隊は一斉に左側へと進路を切る。先ほどの進行方向にあった小高い丘を側面から見れば、その裏側では百人以上のマーデン兵士たちが混乱から立ち直るべく、隊列を組もうとしていた。もしもあのまま突っ込んでいれば、足を止められていたかもしれない。

「さすがラークルム隊長、鼻が利《き》きますな」

「殿下《でんか》の完璧《かんぺき》な計画に、私の不手際で泥《どろ》を塗《ぬ》れるものか」

すげなく答えた後、ラークルムは呟いた。

「……そろそろ時間か」

彼の言葉に呼応するかのように、鉱山の方から不気味な地鳴りが届いた。

「よし、総員脱出陣形！」

馬の脚には限界がある。マーデン軍を一通り混乱させた後、完全に脚が止まる前に脱出しなくてはならない。その合図がこの地鳴りだった。もっとも、この地鳴りには合図以外の意味もあるのだが、それはラークルムたちとは別の軸で動いている作戦である。

「陣形を乱すな！　一気に山麓まで戻るぞ！」

「了解！」

一糸乱《いっしみだ》れぬ動きをもって、ラークルムたちは鉱山へ手綱《たづな》を向けた。

騒ぎの気配を感じたドラーウッドは、すぐさま仮眠から跳ね起きた。

傍に立てかけてあった剣を手に取り、天幕を飛び出す。その彼の目に映ったのは、山麓付近にいくつも上がっている火の手だった。

「将軍！　敵襲です！」

目を見張るドラーウッドの元に副官の男が走り寄る。

「今しがた、山頂よりナトラ軍の騎馬が駆け降り、我が軍の野営地に火をつけて回っていると報告が！」

「なにぃ⁉」

断崖のごとき山の斜面を夜に馬で駆け降りるなど、正気の沙汰《さた》ではない。しかし奴らはそれをやり、こちらを炎に巻いているというのだ。

「敵の数は⁉」

「わ、解りません！　情報が錯綜《さくそう》しており、百騎以下とも、数百騎はいたとも！」

　馬を鉱山に隠していたとするのならば、数百騎はありえない。せいぜいが百騎。ドラーウッドはすぐさまそう判断し次の疑問に移る。

「ならばそやつらの位置はどこだ！」

「そちらも不明です！　火の手に煽られ各所で混乱が広がり、敵を補足するどころか味方の同士討ちも始まっています！」

「ぐっ……！」

　鮮やかな——鮮やかすぎる手並み。まずは混乱を収めなくてはいけないが、どこから手をつければいいのか。

　脳裏に逡巡《しゅんじゅん》がよぎるドラーウッド。それをあざ笑うかのように、さらなる事態が舞い込んだ。

「——な、なんだ⁉」

　音だ。何か大きな音が鳴っている。

　マーデン軍が混乱と喧騒《けんそう》に包まれる中で、それでもなお届く異音。

　鉱山から響いているその音は、何か大きな質量が山を駆け降りている音のようで。

　まさか、という思いがドラーウッドを貫いた。

（全軍で駆け降りているのか……⁉）

　まずは騎馬でこちらの陣を素早くかき回し、次に主力で混乱する兵を討ち取る。そういう狙いなのではないかとドラーウッドは予見し、すぐさま頭を振る。

(馬鹿《ばか》な！　混乱しているとはいえこちらは三万だぞ！　五千で撃ち破れる数ではない！)

しかし事実として今、大軍が降りている音がする。ならば何か狙いがあるはずだ。五千の兵で狙うもの、狙うべき価値のもの、それは──

(──本陣《ここ》か⁉)

軍そのものは無理だとしても、本陣《ここ》に狙いを絞ったならば？

混乱しているマーデン兵の中を一気呵成に駆け抜け、指揮官の首を取ろうとするのならば？

(不可能……ではない！)

全てはこの場で導き出した推測でしかない。しかしそれを深く検証する時間がない。

ドラーウッドは声を張り上げた。

「近場の全部隊をこの本陣に集めて防御陣形を造らせろ！　離れた場所の陣営もその場で防御陣形を構築して待機！　敵を見つけてもまずは集まることを優先させろ！」

「は、はいっ！」

副官が素早く伝令に指示を伝え、各方面に散らせていく。

ドラーウッドもまた近隣の兵士に防御の陣形を取るよう指示しながら、憤怒《ふんぬ》の眼差《まなざ》しを鉱山へ向けた。

「舐《な》めるな蛮族ども。私の首、そう簡単には取らせんぞ……！」

それからのマーデン軍の動きは迅速《じんそく》と言えた。

本陣を鉄壁の防陣《ぼうじん》で固め、敵を待つ準備を整える。その頃には地鳴りは既に止んでいた。

敵は何をしているのだろうか。攻めあぐねているのか、密かに移動しているのか。夜闇の中でその全容を知ることはできない。緊張だけが軍の中に高まっていく。

しかしやがて空が白み始めた時、ドラーウッドの顔に衝撃が走った。

「馬鹿な……！」

ナトラ軍は山から下りてなどいなかった。

山麓に転がるのは大量の岩や丸太などだ。事前に山頂に引き上げておいたあれらを転がすことで、さも大量の兵が移動しているように錯覚させたのだ。

では何のためにそんなことをしたのか？

答えは山道の一合目にある防御用の陣地だ。マーデン軍が苦心して手にしたそこを、再びナトラ兵が固めていたのだ。

（……敵の襲撃に備えて私は本陣を固め、間に合わない場所は独自に防御陣形を取るように指示した。しかしその結果それぞれの陣が孤立し、周囲と連携が取れなくなった……！）

それをナトラは狙ったのだ。野営地にいた部隊が次々と固まる中、山道の陣地にいた兵士を孤立させることを。こちらが必死に防衛準備を整えている間に、ナトラ側は静かに陣地を奪い返し、目標を達成していたのだ。

「おのれ……！」

あの陣地がどれだけ固いか、手に入れるためにどれだけ苦心したかはマーデン兵もよく知っている。ゆえに、奪われた効果は絶大だ。寝る事も許されずに一晩中気を張りつめ、ようやく朝を迎えたかと思えばこれまでの成果がふいになっていたとなれば、否応にも士気は落ちる。

さらにこの後、夜襲の火事による被害も算出されるだろう。同士討ちも起きるような惨状だ。死者と負傷者を合わせれば数千人に及ぶ可能性もある。焼失した物資も少なくはあるまい。

先日の坑道の落盤など比較にならぬほどの大損害だ。同時に、落盤の件と同じようにハメられたということでもある。

「おのれええええええええ！」

自らが敵将の手のひらの上で踊らされていたという事実に、ドラーウッドは怨嗟《えんさ》の声をあげることしかできなかった。

◆◇◆

気づけば、戦争開始から半月がすぎていた。

先の夜襲によるマーデン軍の被害は死者が七百人、負傷者は二千人に及んだ。さらに脱走兵も続出し、ナトラ軍との戦いによる戦死者も含めれば、兵の数は二万三千人ほどに落ち込んでいた。

もちろんナトラ軍とて無傷ではない。五千いた兵は今や三千だ。全体的な防御の層も薄くなっている。

しかし結果を見れば奮戦しているのは明らかであり、それを理解しているがゆえに、兵士たちの士気も未だに高い。その点はマーデン兵たちとは雲泥《うんでい》の差だ。

そんな意気軒昂《いきけんこう》なナトラ軍の天幕にて、ウェインは資料と睨めっこをしていた。

「食料は大丈夫、資材は……さすがに目減りしたけど、まだいけるな」

鉱山の各方面から上がってくる報告は、現状がウェインが想定していたそれよりも良好であることを示している。

「いやー、つれーわー！　予定より上手く行きすぎてつれーわー！」

そんな余裕をひけらかすウェインに、傍らのニニムは意外にも同意を示した。

「順調なのは良いことね。それに比べてマーデンの方は最近は攻め手もだいぶ緩んでるけど、このまま撤退するのかしら？」

ニニムの言葉にウェインは頭を振った。

「まさか、それはねーよ。開戦から一週間以内だったらあったかもだけど、もう無理だ、奴らの損害は手柄ナシじゃ到底飲み込めないほどに膨らんでる」

膨らませたのは俺だけど、とウェインは上機嫌に笑う。

「ごり押しじゃ無理だとようやく気づいて、準備中ってところだろう。終わり次第一大攻勢があるだろうな」

「準備って言うと……攻城兵器とか?」

「ああ、ほとんど野戦装備だしなあいつら。今頃梯子だの投石器だのかき集めてるんじゃないか?」

「さすがに投石機は山攻めに持ってきても使えないでしょ」

「追いつめられると当たり前のことが解らなくなるもんさ」

そして準備が終わった後の攻勢を凌《しの》げば、いよいよもって相手の目論見《もくろみ》は暗礁《あんしょう》に乗り上げることになる。そこに和睦の可能性は芽生えるはずだ。

肝心の凌げるかどうかだが、布石は打ってある。

「俺の予定に狂いはない。あと半月でこの籠城《ろうじょう》生活とはおさらばだ」

自信に満ち溢《あふ》れたウェインの様子に、半信半疑ながらもニニムは応じる。

「だとしたら助かるわね。さすがに山から見る景色にも飽きてきたわ」

「言えてるな。俺もそろそろ王宮で羽を伸ばしたいところだ」

「湯浴《ゆあ》みとかもね。ここじゃ贅沢にお湯を使うわけにはいかないもの」

戦場、とくに籠城する側の水は貴重だ。できるとしても時折体を拭くぐらいで、湯を張った浴槽《よくそう》に浸かるなどはとてもではないが籠城中にできることではない。

ニニムとて例外ではなく、それゆえに、ああ、とウェインは思い至った。

「最近微妙に俺との距離が開いてると思ったら匂《にお》いを気にして痛《いて》ぇ⁉」

ニニムが指で弾いた机上の駒が、ウェインの額に命中した。

「そういうことは口にしないの」

「ぐおおお……こ、これで勝ったと思うなよ」

「いや勝ち負けじゃないでしょ」

そんな軽口を互いに投げ合っていると、天幕の外から気配が届いた。

「殿下、失礼します」

現れたのはラークルムだ。ウェインとニニムは居住《いず》まいを正して彼を迎える。

「どうした、何か起きたか?」

「はっ。マーデン軍から使者が送られてきました」

「使者だと?」

ウェインは眉《まゆ》をしかめた。

使者を送るということはこちらと話し合う意思を持つということであり、内心ではマーデン側との講和を望んでいるウェインにとっては歓迎するべきことだ。

が、タイミングが解《げ》せない。マーデンは一大攻勢に向けて力を蓄えている時期であり、講和の是非はその攻勢が終わった後に考えることだろう。

（俺が想像するよりもマーデンが追い詰められている……これは無い。となると攻勢に向けてこちらを攪乱《かくらん》するためか、あるいは……）

素早く思慮《しりょ》を巡らせつつウェインは指示を飛ばす。

「解った、とにかく会おう。ニニム、急いで会談の場所をセットしてくれ。場所はそうだな……鉱山中腹辺りでいいだろう。ラークルムは周辺の警戒を強めるように指示して回れ。俺が応対してる間に向こうが動くかもしれん」

「かしこまりました」

「お任せください！」

ニニムとラークルムは即座に天幕を出て行った。

そして会談の準備が整うまでの間、ウェインは思考の続きをする。

（……あるいは、本国に対するポーズ。既にマーデン側の予定は破綻している。なぜ未だに鉱山が取れていないのかと、王宮じゃフシュターレが激怒《げきど》してるだろう。家臣たちも不安を抱き始めているはずだ。その中の誰かが、今からでも講和しようと言いだした、か）

その家臣がドラーウッドにとって無視できない相手ならば、形だけでも使者を出してくるのはおかしくない。

もちろんこれらはウェインの推測であり、本当にそうなのかは解らない。しかし予定よりも長引いてるこの戦争で、中央からまだ決着はつかないのかとプレッシャーをかけられているのは間違いないだろう。

「そろそろ尻《しり》に火がついてきたんじゃないか？　ドラーウッド」

対戦相手の苦悩を思い、ウェインは小さく喉《のど》を鳴らした。

結論から言えば、ウェインの予想は的を射ていた。

「将軍、またも王宮から使者が」

曇《くも》り顔で告げる指揮官に、ドラーウッドは舌打ちしながら言った。

「適当にあしらって追い返せ。今は王宮の相手をしている場合ではないのだ」

「しかし将軍、恐れながらこれ以上使者を無下《むげ》に扱えば、王宮の方も何かしらの対処をしてくるものかと……」

「現在集めている攻城兵器についても、口を挟まれるやもしれません」

「っ……」

ドラーウッドは焦燥《しょうそう》感を隠そうともせず歯噛《はが》みする。

ここがウェインとドラーウッドの違うところだ。ナトラ王国における王太子にして摂政《せっしょう》であるウェインは、実質的に現ナトラの指導者だ。たとえ明白な結果が伴《ともな》わなくてもごり押しできるだけの権限を持っている。

対してドラーウッドは軍の指揮官ではあるが、それは王より委任されたものにすぎない。王の機嫌を損なえばクビは職務的にも物理的にも容易に吹き飛んでしまう。それを防ぐためには、王やその周囲の重臣たちに解りやすい結果を示し続ける必要がある。

だが、それができていない。一週間で鉱山を落とす予定がもう半月。攻略も遅々として進んでおらず、攻城兵器という新たな戦力の要求までする始末だ。

どうなっているのかと使者が飛ばされるのはいわば必然。最初はどうにか誤魔化して追い返していたが、さすがに限界が迫りつつある。後ろ盾である外来派《ステラ》のホロヌィエ大臣の責任を問う声も上がっているらしい。

「……使者は、なんと?」

深く息を吐き、静かに指揮官に問いかける。

「はっ。一刻も早く鉱山を掌握しろと。そのためには……その、ナトラ軍との講和も考慮に入れるべしとも」

するといきり立ったのは他の指揮官たちだ。

「馬鹿な！　今更講和だと⁉」

「ありえん！　奴らのためにどれほど仲間が血を流したと思っている！」

「ドラーウッド将軍、宮廷の雀《すずめ》どもなど無視して攻勢の準備を進めましょう！」

指揮官たちが口々に講和を拒絶するのは、講和で終わらせるなどプライドが許さないという感情もあるが、ろくに戦功をあげられていないことへの焦燥もある。今の段階で講和などしては、恩賞などまるで期待できない。

「……」

もちろんドラーウッドとてそれは同じだ。

同じではある、が。

「いいだろう、ナトラ軍に向けて使者を立てろ」

「しょ、将軍⁉」

「ですがそれは！」

「落ち着け。あくまで形だけだ。使者を出してナトラ軍に拒絶されたとなれば面目《めんもく》は立つ。その間に準備を整え、武力で鉱山を奪い返す。これならば問題あるまい」

これには指揮官たちも得心したらしく、一様に頷いた。

「ローガン、使者にはお前が行け」

名指しされたのはドラーウッドの副官である。間違っても講和を成立させないためにも、ここには信用する手持ちの人材を使うしかない。

「くれぐれも奴らにはへつらうな。奴らが徹底抗戦を望むようにしろ」

「蛮族を煽《あお》るだけ煽ればいいわけですな」

「そうだ。ただし怒らせすぎて殺されるようなヘマはするなよ」

「承りました」

かくして講和の条件の検討《けんとう》などをすませ、数時間後、ナトラ軍が籠城する鉱山に使者は向かうこととなったのである。

会談の場に現れた使者を一目見て、ああこれは講和する気ないな、とニニムは察した。

ローガンと名乗ったその男は、テーブルの向こう側に座るのが王太子であるというのに、尊大な態度を隠そうともせず言い放った。

「この交渉において、私の言葉は総指揮を預かるドラーウッド将軍の言葉と思ってもらって相《そう》違《い》ありませぬ。その上でウェイン殿下、ここに住み着いた貴殿の飼い犬と、それを操《あやつ》る手腕は見事なものですな。ドラーウッド将軍も高く評価しておられましたぞ」

これには警備をしていた兵士たちのボルテージが一瞬にして最高潮になった。ウェインが手で制しなければ、ローガンは串刺しになっていたことだろう。

「それでローガン殿、本日は何用で参られたのかな？　まさか我らを挑発するためだけに山を登ってきたわけではあるまい？」

「無論、そのような無益なことに時間を費やす風習は、マーデンにはありませぬ。私がここに来たのは、講和を結ぶために他なりませぬ」

などと口にしていたが、当然のごとく突きつけてきた講和の条件は馬鹿げたものだ。

鉱山からの即時撤退、武器の放棄、鉱山住民の返還、さらに不当に鉱山を占拠していたことに対する賠償金の請求。呑ませる気など一切ないというのが鮮明に伝わってくる。

「いかがかな？ ウェイン殿下」

「残念だが、その条件では講和は望めないな」

当然そのような話になった。

「我らとしては、最大限の譲歩をしているつもりですがな。これ以上戦争を続ければ、ご自分の首と胴が分かれたまま祖国へ帰ることになりかねませぬぞ？」

「恐ろしい話だ。しかしローガン殿、私の予想では私は意気揚々《いきようよう》と国に帰れる気がするのだよ」

「なるほど、やはり貴殿の周りには犬しかおらぬようだ。老婆心《ろうばしん》ながら忠告させて頂くが、殿下は自らの間違いを正してくれる人間を傍《そば》におくべきかと」

ローガンは席を立った。会談はご破算《はさん》で終了ということのようだ。

（全く、時間の無駄だったわね）

ニニムは内心でため息をつきつつ、会談場所の片づけの手順を脳裏で描き始める。

しかしそこで予想外のことが起こった。ローガンが足を止めて振り向いたかと思えば、ニニムを見やりながら吐き捨てたのだ。

「特に、そこの灰被《はいかぶ》りは疾《と》く打ち捨てるべきでしょう。そのような下賤《げせん》な奴隷《どれい》を傍に置くなど、とても高貴なる血筋のすることとは思えませんな」

「――――」

その時、場の空気が凍ったことを、恐らくローガンは理解しなかっただろう。

ニニムは咄嗟《とっさ》にウェインに声をかけようとするが、喉まで出かかった言葉が押しとどめられる。すぐ傍にいる少年の背中から、得体の知れない鬼気《きき》が漏《も》れ出るのを感じたからだ。

「ローガン殿」

ウェインの声は驚くほど平坦《へいたん》だった。

「最初に言っていた、貴殿の言葉はドラーウッド将軍の言葉というのは……確かかな？」

「相違ないが、なにか？」

「いや結構。将軍にはくれぐれもお体に気を付けるよう伝えておいてくれ」

ローガンは不審そうな顔をしていたものの、そのまま立ち去った。

しかしローガンの姿が見えなくなってからも、ウェインは席についたまま動こうとせず、周囲が緊張に包まれる中、ニニムは意を決した。

「で、殿下、その」

「すまないことをしたな、ニニム」

ニニムの呼びかけを遮《さえぎ》るようにウェインは言った。

「ジーヴァの時はそうでもなかったから、油断していた。やはり西側にはフラム人に対する偏見が根強い。不用意にお前を西側の人間の目にさらして、不快な思いをさせてしまった」

「い、いえ、そのようなことは……」

「次からは気を付けるとしよう。それではここの片づけを頼むぞ。俺は先に上に戻る」

「……ははっ」

ウェインは席を立って鉱山の頂上に向かって歩き出した。

片づけを命じられたニニムは彼の背中を見送ることしかできず、やがて声が届かない距離になったところで、ウェインは護衛の兵士に言った。

「ラークルムを呼べ」

会談から数日後、マーデン軍は攻勢のための準備を完了させる。

鉱山を舞台としたこの戦争は、最終局面を迎えようとしていた。

◆◇◆

「将軍、全部隊の配置が完了しました！」

「用意した梯子も各方面に行き渡っております」

「残るは将軍の号令を待つのみです」

居並ぶ指揮官たちが口々に告げる先に立つのはドラーウッド。

彼は大きく息を吐くと、強い眼差しを皆に向けた。

「開戦から三週間。無駄な時間をかけてしまった」

すぐに終わるはずだった戦争はもつれにもつれた。卑劣な姦計《かんけい》によって兵は削られ、潤沢《じゅんたく》だった物資は今や底を尽きつつある。

「全ては私の不徳《ふとく》ゆえのことだ。お前たちには苦労をかけたな」

勝って当然の戦をこれだけ長引かせてしまったのだ。恐らくは自分にまともな恩賞など出ないだろう。それどころか戦犯として罰を受ける可能性すらある。

しかしもうそれで構わない。ただ奴らを倒すことができるのならばそれでいい。

「屈辱の時間は今日までだ。夕日の到来を待つまでもなく、蛮族共の血でこの山は赤く染まるだろう。——始めろ！」

「「はっ！」」

太陽が中天に輝く頃、鉱山目がけてマーデン軍の総攻撃が始まった。


マーデン軍総攻撃の知らせは、すぐさま山頂にいるウェインの元まで届けられた。

「来たか」

ウェインはそう小さく呟くと、伝令に素早く指示を飛ばした。

「鉱山下部の防御陣地は破棄《はき》だ。兵を上に集めて防御を固めさせろ」

「はっ！」

「鉱夫に言って中腹までの坑道も崩させろ。鉱山内部に敵が入れないようにな」

「すぐに完了させます！」

伝令が天幕から飛び出し、残されたニニムはウェインに言った。

「耐えられる？」

「無理だな」

ウェインの返答は簡潔だ。

「敵の侵入ルートを山道に限定することで戦況を維持してきたんだ。山道以外からガンガン登って来られたら、兵力差の勝負になる。となれば、勝ち目はないな」

「ただし、このままなら。でしょ？」

「そういうことだ」

ウェインはにっと笑った。

「ここの指揮はハガルに任せる。ニニムはそっちの補佐に回ってくれ」

「了解。——死なないでね、ウェイン」

「心臓がここに残るんだ。死ぬ理由がどこにある」

ウェインはニニムの髪を軽く撫《な》でると、天幕の外に出る。

そこに待っていたのはラークルムだ。

「殿下」

「ラークルム、準備は？」

「万端です。いつでも出られます」

ウェインは満足げに頷いた。

「それじゃ、あいつのアホ面《づら》を拝みにいくとしよう」


鉱山の戦況は一方的なものだった。

山道という制限から解き放たれたマーデンの軍勢は、鉱山の至る所に長い梯子をかけ、次々と斜面を駆けあがっていく。その光景はさながら砂糖の山にたかるアリの群れのようである。

いかに練度に勝るナトラ兵といえど多勢に無勢《ぶぜい》だ。鉱山の上方に固まって押し返そうとしているが、ジリジリと削られているのが麓《ふもと》からでも解る。

「将軍、各方面で我が軍が圧倒しています！」

報告に来る伝令の声も弾んでいる。マーデン側に流れが来ていることは誰の目にも明らかだ。

「これならば陥落は時間の問題ですな」

ドラーウッドの補佐として本陣に残っている指揮官たちの表情も明るい。

そんな彼らを戒《いまし》めるようにドラーウッドは強い語気で言った。

「油断するな。追い詰められた蛮族がどのような自棄《やけ》を起こすか解らん」

そして問いかけを投げる。

「鉱山の裏手はきちんと抑えているな？」

「はっ。万が一奴らが裏手から逃げようとしても、足止めできる兵力を置いています。指揮もローガン殿が執《と》っていますので問題ありません」

「それでいい。もはや奴らを見逃すなど手緩《てぬる》いことはせん。全員この地で骸《むくろ》にしてくれる」

そうドラーウッドが気炎を吐いていると、数騎のマーデン兵がこちらに向かって駆けて来るのが見えた。

「将軍！　ドラーウッド将軍はどちらに⁉　ローガン隊長より緊急の連絡です！」

よく通る声が全員の耳に届いた。指揮官たちは顔を見合わせ、緊張を走らせる。この戦争が開始して以来、緊急の連絡といえば悪い事ばかりだ。まさか鉱山の裏手に何事かあったのか。

「……話を聞く。あの伝令を呼べ」

「は、ははっ！　おおいそこの、将軍はこちらだ！」

指揮官に呼ばれた伝令たちは、馬を下りてドラーウッドの前まで駆け寄り、跪いた。

「報告しろ。ローガンがどうした」

「はっ、それが……」

言いながら伝令は背嚢《はいのう》を下ろし、何気ない動作でその中身を放り投げた。

ローガンの生首《なまくび》が、ドラーウッドの眼前に転がり落ちた。

は——？　と、居並ぶ全員の思考が停止した。

間隙《かんげき》を突くように伝令が地を蹴った。同時に抜剣。流水のように洗練された動作。

「――あの世で会おうってよ」

鉄の刃が、ドラーウッドを袈裟《けさ》斬りにした。

ドラーウッドが驚愕《きょうがく》に目を見開きながら後ろに倒れこむ。

地面とぶつかった鎧が甲高い音を上げ、凍り付いていた周囲の時間がようやく動き出す。

「き、貴様何を――がっ⁉」

指揮官たちが剣の柄に手をかけるも、それを引き抜くよりも早く残りの伝令が彼らを切り捨てる。さらに天幕の外からも槍が指揮官たちに向かって突き出され、瞬く間に全員が討ち取られた。

「殿下、片づきました」

「ご苦労」

ドラーウッドに斬《き》りかかった男は短くそう答えた。そして彼は倒れるドラーウッドを見る。

「……あれ、まだ生きてるのか」

切り裂かれた鎧の隙間《すきま》から大量の血を溢れさせながら、しかし間違いなくドラーウッドは呼吸し、その眼差しを襲撃者に向けていた。

「やっぱダメだな俺の剣の腕。大したことないわ」

「ぐっ……ごほっ。き、貴様は……」

「なんだ、俺が誰か気になるのか？」

男は兜を脱いだ。まだ少年といえるあどけない顔立ち。その人相にドラーウッドは覚えがあった。マーデンの兵装を身に着けているが間違いない。

「貴様……ウェインか……！」

「こうして面と向かって会うのは初めてだな、ドラーウッド将軍」

兜を放り投げ、ウェイン・サレマ・アルバレストはにっと笑った。

◆◇◆

「なぜ、なぜ貴様がここに……！」

「そりゃあお前の首を取りに来たからさ。ダメだぜドラーウッド。いくら勝負に出たからって本陣の人数をこんな手薄にしたら」

「ぐっ……！」

ドラーウッドはウェインを睨《にら》みながら、彼の足元に転がる剣に意識を向ける。傷口が焼けるように痛い。口の中は鉄の味でいっぱいだ。だが、あの剣を取れれば。それにこうして会話で時間を稼げれば、誰かが本陣の様子を不審に思うことも。

「人は来ない」

見透かされたかのような声に、ドラーウッドは肩を震わせた。

「天幕の周りは俺の兵が固めてるし、そっちの兵士はどいつもこいつも今は山のことで頭が一杯だ。本陣《ここ》のことなんて火の手でも上がらない限りは気にもしないさ」

「解ったような口を……！」

「解るさ。そうなるよう俺が仕向けたわけだしな」

「なにぃ⁉」

気を緩めまいとする必死のドラーウッドに向かって、ウェインは肩をすくめた。

「いかにマーデン軍を抑圧し続け、今日この日の解放感に夢中にさせるか。それがこの戦争における俺の基本的な計画だ。面白《おもしろ》いもので、自制ってのは劣勢より優勢な時の方がやりにくい。ようやく迎えた今日の大攻勢で、マーデン軍は末端の兵士から中枢であるお前たちまで、全員が浮足立った。三週間、お前たちを上から眺めてきた俺にとって、浮ついてるお前らの隙を見抜くことなんて簡単だ」

「……」

反論しようと口を開くが、事実として今の状況がある。ドラーウッドは口惜《くちお》し気に糸口がないかと脳裏を回転させ、思い至った。

「だが！　だが、お前たちが寡兵《かへい》で山を下りたのは確認されているはずだ。部隊を指揮している者までその情報が届けば」

「そりゃ無理だ。俺たちは山を下りてなんていないからな」

ドラーウッドの目が揺らぐ。山を下りていないならばいかにして彼らはここに到着したというのか。

「洞窟の坑道、覚えてるよな」

ドラーウッドは朦朧《もうろう》としてきた意識の中で、彼の言葉をかみ砕く。

「っ……い、いや、あれは岩盤をどかすのに数カ月はかかると……」

「その横だよ」

ウェインは楽しそうに言った。

「あの坑道の横を通るようにして、事前に鉱夫たちに掘ってもらってたのさ。鉱山内部から、洞窟手前まで伸びる坑道を」

「――――」

ドラーウッドの肩が震えた。

「ま……さか」

「そうだ、あの崩落はマーデン兵を削るのが目的じゃない。崩落を知らしめることで、洞窟の存在をお前たちの意識から消すためのものさ」

ドラーウッドは、軍人として自分の中に積み上げてきた多くのものが、音を立てて崩れていくのを感じた。将として何もかもが、この少年に及ばないのだと、否応なしに理解した。

「後は残った部分を掘り進めて開通させて、お前たちの装備を着こんで外に出れば、もう誰も俺たちをナトラ兵とは疑わない。移動の途中でローガンを見つけられたのは偶然だけどな」

「……全て、貴様の手のひらの上だというのか」

見る。足元の剣。体はまだ動く。

認めよう。将としては負けた。だが、その首は届く距離にある。

「ふ……ふふ、ごほ、ふはははは」

血を噴き出しながらドラーウッドは笑った。

笑って、笑って、笑って、

「は——あああああああああ！」

残る全ての気力を振り絞り、ウェインの足元にある剣に飛びついた。

「まあ、ほんとは俺が出張《でば》る予定は無かったんだが——」

ウェインの剣がドラーウッドの胴体を貫いた。

「俺の心臓を侮辱した奴は、残らず殺すと決めている」

一閃《いっせん》。

ドラーウッドの肉体が両断され、床を転がった。

「じゃあな、ドラーウッド」

ウェインは剣の血を拭《ぬぐ》い、鞘《さや》に納めた。

隣で伝令の兜を脱いだラークルムは恭《うやうや》しく一礼した。

「お見事です、殿下」

「この程度で見事なものか。……って、なんで泣いてるんだラークルム」

「申し訳ありません。殿下の剣技の美しさに心が震えてしまい……」

「……まあいい。そろそろズラかるぞ。ああ言ったけど、ローガンがいなくなったことに気づいた裏手の部隊がこっちに人を寄越すかもしれん」

「この後は予定通り、火をつけながらで？」

「ああ。食料や資材を中心に火をつけて回る。さっさとこっちの異変に気づいて動揺してもらわなきゃ、今も戦ってるうちの兵士たちが押し潰されるからな。行くぞ」

「ははっ！」

ウェインたちは素早く馬の元まで戻ると、積み込んでいた松明で天幕に火をつけた。

火は瞬く間に回り、ドラーウッドたちの骸は燃え盛る炎に飲み込まれていく。さらに炎と煙は空高く立ち上り、鉱山の上方で戦う兵士たちにも伝わった。

「お、おいあれ」『燃えてるのうちの本陣じゃないか？』『そんな、まさかまた敵兵が⁉』

以前夜襲で火をかけられたことは、マーデン兵の誰もが覚えている。それゆえに炎の恐怖と混乱はすぐに伝播《でんぱ》し、さらに状況の確認に向かった伝令からドラーウッドを筆頭とした指揮官たちの死が知れ渡ると、足並みの乱れは致命的となった。

なおも抗戦を望む者、撤退を試みる者、ただ呆然《ぼうぜん》とする者——統率を失ったマーデン兵たちにナトラ軍を打ち破る力はなく、マーデン軍は多くの犠牲者を出しながら、転がり落ちるようにして山麓まで退却することとなった。

◆◇◆

ウェインたちが山頂に帰還を果たしたのは、日も暮れかけた頃だ。

未だ激戦の熱気が冷めやらぬそこに戻った途端、喝采《かっさい》をあげる兵士たちに迎えられた。

「おお！　殿下の御帰還だ！」

「殿下、よくぞ御無事で！」

「殿下の火計で見事マーデン兵は退《ひ》きましたぞ！」

兵たちはその多くが負傷していた。死者も少なくないだろう。しかしそれでも表情には活気が宿り、口々にウェインの無事を喜び、彼を称《たた》えた。

「皆、よくやってくれた！　今日の戦いはマーデンにとって大きな打撃であることは間違いない！　勝利は近いぞ！　ここを最後の正念場と思い、気を引き締めろ！」

「「おおおおおおおおお！」」

兵士たちの雄叫《おたけ》びが地面を震わせる。

　そしてウェインが兵たち一人一人に短く声をかけながら奥へ進むと、そこに老将ハガルが待っていた。

「ハガル、俺の不在の間、よくやってくれた」

「勿体《もったい》なき御言葉でございます」

　ハガルは恭《うやうや》しく一礼する。

「現状について聞きたい。マーデンはどうしてる？」

「はっ。鉱山の包囲を解き、山麓から少し離れた平地にて固まっています。現在のところ攻勢に出る様子はありません」

「今頃誰が指揮を代行するか、さらに継戦《けいせん》するかで揉《も》めに揉めてるだろうからな」

「殿下はマーデンが継戦を行うと思っておいでで？」

「いや、無い」

　ウェインは断言した。

「今日で決めると意気込んだ戦で大敗し、兵の士気は最悪。物資もだいぶ焼かれた。向こうの指揮官たちは、死んだドラーウッドに全責任を被《かぶ》せて撤退を選ぶだろう。ここで指揮を執って負けたりなんてしたら、自分が敗戦の責任を負うことになるからな」

「道理ですな」

　ハガルは頷いた。

（そして、その後に始まる和睦の交渉……俺にとっての本番はこれだ）

今度こそ失敗してはならない。

持ちうる技能のすべてを駆使して、この二束三文の鉱山をマーデンに売りつけるのだ。

（そのためにも、もう準備をしとかなきゃな。ニニムにも手伝ってもらって……）

そこまで考えてウェインはふと気づいた。

「そういえばニニムは？」

「ニニム殿でしたら各部隊の被害状況について精査を。もうじき戻るはずです」

「そうか。だったらニニムが戻るまで、戦勝の前祝いに酒でも」

飲もうか、と続けようとしたところで、山頂の端からざわめきが届いた。

ウェインとハガルは目を見合わせ、即座にざわめきの方角へ向かった。

「どうした、何があった」

「あ、で、殿下、それが……あれを見てください」

見張りの兵士が指さしたのは、マーデン軍が駐留している平地だ。その場所を見て、ウェインは驚きに瞳《ひとみ》を揺らした。

マーデン軍が、鉱山から遠ざかろうとしているのだ。

「これは……撤退するつもりか？」

ナトラ軍に背をむけ、内地へ向かおうとしている様はまさしく撤退する軍の姿に他ならない。

しかしウェインは懸念《けねん》を抱く。撤退するのは良いだろう。しかし、判断が早すぎる。これほど速やかに意見を纏めて決断を出せるような人材は、ドラーウッドとともに始末したはずだ。

「ハガル、あれはこちらを欺《あざむ》く偽装《ぎそう》だとは思うか？」

「……いえ、あの様子ですと本当に撤退するものかと。今のマーデン軍の状態では、そういった小細工を設けようにも兵士がついて来れないでしょう」

「………」

むむむ、とウェインは内心で唸《うな》る。

マーデン軍が早期に撤退することに不満はない。早いほどに和睦交渉の開始も早まるのだ。だがやはり、裏に何かあるのではないかと考えてしまう。

「殿下、あの、恐れながら」

不意に、おずおずと傍にいた兵士が口を開いた。

「これはつまり、私たちは勝ったということでしょうか……？」

気づけばウェインの周囲には何十人もの兵士たちが集まり、去り行くマーデン軍とウェインのことを交互に見つめている。

彼らに何と言うべきか。ウェインはしばし考え、決めた。

「皆の者、聞け！　マーデン軍は我らに背を向け、逃げ帰ろうとしている！」

張り上げたウェインの声に、遠くの兵士たちも顔を向ける。

「あるいは我らに対する卑劣な策略の布石《ふせき》かもしれん！　だが、そのようなモノに頼らざるをえない時点で、もはや我らに敵《かな》わぬと自ら認めたようなものだ！」

ウェインは力強く言った。

「ゆえに、私はここに断言しよう！　――この戦、我らナトラ軍の勝利であると！」

シン、と鉱山が静まり返った。

そして次の瞬間、爆発《ばくはつ》したような歓声が兵士たちから上がった。

「勝ち鬨《どき》を上げよ！　逃げるマーデンの兵士たちに、我らこそが勝者であることを知らしめるのだ！」

ウェインに煽られ、兵士たちが口々に勝ち鬨を上げる。間近で浴びていると、骨まで震えるほどだ。

「よろしいのですか？」

ハガルの耳打ちにウェインは頷いた。

「向こうが策を弄《ろう》してるにせよ、すぐに仕掛けてくるのは間違いない。ならば士気を上げておくのも一つの手だろう。ハガル、くれぐれも警戒は怠るなよ」

「御意《ぎょい》」

ハガルは恭しく頷いた。

するとそこに、兵士の間を縫うようにしてニニムが息を切らしながら現れた。

「殿下、ここにおられましたか」

「ニニムか。……なんだ、どうした？」

彼女の様子から、ただならぬものをウェインは感じ取る。

「被害の調査をしていたそうだが、予想以上に深刻だったか？」

「いいえ、その点はむしろ予想より軽微でした」

ニニムは頭を振り、ですが、と続けた。

「問題はそこではないのです。殿下、今しがたマーデンの王都に潜《もぐ》らせていた密偵から連絡が届いたのです」

「ほう。まさかフシュタ－レが怒りのあまり家臣の虐殺《ぎゃくさつ》でも始めたか？」

「陥落しました」

「………………」

ウェインはニニムの言葉をかみ砕くのに数秒の時を要した。

「陥落？」

「はい」

「マーデンの王都が？」

「はい」

「……どこに、どうやって？」

「マーデンの隣国のカバリヌです。こちらに大兵力を割いていたため、強襲を受けてもろくに抵抗できず、そのまま……フシュターレ王も死亡したとか……」

「…………」

何やってんだマーデンとか、どんだけ馬鹿なんだフシュターレとか、そんな罵倒《ばとう》が凄《すさ》まじい速度でウェインの脳裏を駆け巡る中、彼の頭脳は最も大事な問題に辿《たど》り着く。

「なあニニム……俺、この後でマーデンと和平交渉するはずだったよな」

あまりの衝撃に、普段の言葉遣いを出しながら、ウェインは絞り出すように言った。

「この場合、交渉とか、どうなると思う……？」

ニニムは若干目を逸らしながら、おずおずと答えた。

「和平する先が滅亡してしまったので、恐らく、立ち消えかと……」

「…………」

そっかー。

立ち消えかー。

ウェインは小さくを息を吐き、空を仰いだ。

そして叫んだ。

「な、ん、じゃ、そりゃあああああああああ⁉」

ウェインの絶叫は、兵士たちの勝ち鬨の中に飲み込まれ、虚《むな》しく消えて行った。

エピローグ

大陸最北の国であるナトラ王国は、当然のごとく夏が短い。

日差《ひざ》しが強くなり、草木の緑が濃くなってきたかと思えば、あっという間に秋と冬が訪れる。そんな気候だ。

しかし、だからこそ王国民は精一杯夏を楽しむ。ひとたび街に繰り出せば、陽気に過ごす人々の姿が至る所で見つかるだろう。祭りなども催され、この時期のナトラ王国は夜遅くまで笑い声が絶えなくなる。

が、そんな城下の要素と相反して、ウェインは執務室の机に突っ伏して意気消沈《いきしょうちん》していた。

「どうしてこうなった……」

ジラート金鉱山を巡るマーデンとの戦に決着がついてから一カ月。

鉱山の防衛のためにハガルを残し、ウェインは王国に帰還し、溜《た》まりに溜まっていた政務を片っ端から片づけつつ、マーデンについての情報収集を行い続けた。

マーデンが隣国カバリヌに滅ぼされたというニュースは、すぐさま大陸中に知れ渡った。

北方の小国とはいえ国は国。それが滅亡して歴史が途絶えるとなれば、国政に関《かか》わる者ならば誰《だれ》しも興味を抱くだろう。

特にマーデンには金鉱山がある。これを巡ってナトラ王国と争っていたのは周知のことだが、この鉱山の扱いに注目が集まった。

事実上鉱山を占領しているナトラ王国。それを認めず争っていたマーデン王国。そのマーデンを滅ぼした鉱山。自然に考えるならナトラの土地になりそうではあるが――カバリヌがそれを認めるのかどうか、つまりその一点に尽きる。

そしてまさしく今日、ナトラとカバリヌとの会談が行われ、結論が出たのだ。

「――失礼します」

執務室のドアを開け、現れたのはニニムだった。

彼女は机に突っ伏すウェインの姿を認めるや否《いな》や、ああ、という顔になった。

「カバリヌの使者との会談、ダメだったの？」

「……ダメだった」

呻《うめ》くように応じた後、ウェインはガバっと起き上がって天井《てんじょう》を仰《あお》いだ。

「鉱山売りつけられなかったああああああ！　くっそおおおおお！」

マーデンと講和して枯れかけている鉱山を高値で売るという計画は、カバリヌによってマーデンが滅びることで惜《お》しくも潰《つい》えた。

しかしウェインは諦《あきら》めなかった。カバリヌからしてみれば、マーデンの金鉱山は喉《のど》から手が出るほど欲しいはず。むしろ手に入れることを考慮に入れての侵攻だろう。彼らのシナリオとしては、ナトラの軍に勝利するも少なくない犠牲を出したマーデン軍を迎え撃ち、鉱山もろともマーデン国を手に入れるつもりだったはずだ。

そう、予定外だったのはカバリヌも同じなのだ。カバリヌは力ずくでも鉱山を手に入れたいだろう。しかし予定外の戦争というのは二の足を踏むものだ。

ゆえにウェインは付け入る隙《すき》があると考え、すぐさまカバリヌに使者を出し、会談の場を設けることを試みた。鉱山を高値でカバリヌに売りつけるためだ。

が、目論見《もくろみ》は成就《じょうじゅ》しなかった。

「カバリヌの方、マーデンの王族を取り逃がしたみたいだって話があったろ？」

「ええ、密偵の情報にあったわね。鉱山から撤退したマーデン軍をまとめ上げ、潜伏させ、カバリヌに対して抵抗運動をしてるとか」

「どうもそれを抑えるのにかなり手を焼いてるみたいでな。ナトラ《うち》と二面作戦をやるのはマズイってことで、不可侵条約を結ぶことに全力だったみたいだ。鉱山はナトラの物でいいですの一点張りで、取り付く島もなかったぜ」

「あらまあ」

カバリヌは西側の国のため、ニニムは今回の会談には出席しなかったが、きっとその時のウェインは苦虫を纏《まと》めて噛《か》み潰《つぶ》したような顔をしていたのだろうと思い、小さく笑った。

「おいおい笑い事じゃねーぞニニム。見ろよこの資料、今回の戦争で消費した人、物、金！　おかげで国庫は空っぽ！　なのに戦果は枯れた鉱山だけときてる！　ああああああもおおおお！」

頭を抱えて七転八倒《しちてんばっとう》するウェインにニニムは歩み寄り、紙束《たば》を鼻先に突きつけた。

「それじゃ、はい。そんなウェインにプレゼント」

「なにこれ、三万の軍勢に勝った超カッコいい俺《おれ》への女の子からのラブレター？」

「だったら破り捨ててるわ。ペリントからの報告書よ」

あの戦争に参加した鉱夫たちには褒賞《ほうしょう》を与えた。さらに纏《まと》め役だったペリントはナトラに召し抱え、鉱山の監督官《かんとくかん》として働いてもらっていた。

「報告たってどうせ大した内容じゃ……うん？」

手早く資料をめくっていたウェインの眼が止まる。

「新たな鉱脈の発見って……え、マジで？」

「独自に調査させたけど、本当みたい。さすがに全盛期とまでは言わないけど、黒字にはなりそうよ」

「おおおおお……」

ウェインは椅子《いす》の背もたれに寄りかかり、大きく息を吐いた。

「軍部にどのタイミングで鉱山がハズレだったことを伝えるか考えてたけど、どうにか首の皮一枚繋《つな》がったな」

「今のウェインの名声なら、無くても大丈夫だったとは思うわよ？　民を慈《いつく》しみ、戦《いくさ》にも強く、政治手腕も一級品で、建国以来の名君になるって評判だもの」

「いいや、そんな評判なんてどうせ一時的なものだ。そのくせ失敗はいつまでも後を引くからな。油断は大敵だぞニニム」

頑《がん》として譲らない態度のウェインに、ニニムは苦笑交じりに息を吐く。戦では大胆な作戦を立てるのに、普段に戻るとこの有様《ありさま》だ。しかしそのやり方でいくつもの国難を乗り越えてきたのだから、これはこれで間違いではないのだろう。

「しかしそうか、鉱山が使い物になるのか。それなら少し余裕が出てくるな。帰ってからずっと忙しかったし、ここらで少し休みでも取って」

「ダメ」

ニニムはウェインの前に書類の山をドンと置いた。

「……これを片づければ休める？」

「ううん、おかわりが来るわ」

「……」

「他《ほか》にも東側の諸国の大使から面会の要請。文官からは予算再編成についての相談。消耗した軍備の補充の問題もあがってるわ。あ、それとフラーニャ様が寂《さび》しがってるわね。戦争で延期した街の視察もこなさないと。まだまだやることはいっぱい残ってるわよ」

つらつらと並べ立てられる過密スケジュール。

戦争という国難を乗り越えたにも拘《かか》わらず、次から次へと現れる難題にウェインは小さくを息を吐き、叫んだ。

「国売ってトンズラしてええええええええええ！」

ウェインの切実なる慟哭《どうこく》は、虚《むな》しく宙へ消えていった。

アースワルド帝国皇帝の崩御《ほうぎょ》から始まる大陸全土の動乱。

後の世において、賢王大戦《けんおうたいせん》と呼ばれる時代が、幕を開けようとしていた。

あとがき

初めまして、あるいはお久しぶりです、鳥羽徹です。

この度は「天才王子の赤字国家再生術～そうだ、売国しよう～」を手に取ってくださり、誠にありがとうございます。

本作の方、如何でしたでしょうか。

この作品のジャンルとしては、いわゆる国家運営モノになります。

国家運営。こう書くと何やら漠然と難しくて大変そうだなぁというイメージが先行しますし、色々調べてみると実際に大変な事業であるようです。

ですが同時に、国家とは決して人知の及ばない存在が動かしているものではなく、あくまでも人の手によって行われているものです。

そうであるならば、必死に頭を悩ませて一つの事柄を決定したのに、蓋を開けてみれば失敗だったこともあるでしょう。成功したと思いきや、外国や自然現象の干渉で思いもよらぬ方向へ転がることもあるでしょう。逆に文句なしの大成功をおさめ、自らに喝采を送ることだってあるはずです。

そういった悲喜こもごもは、大なり小なり読者の皆さんも体験したことがあるのではないでしょうか。国家運営といえど人の営みであるならば、そこでは携わる人々の様々な思いが錯綜していることでしょう。

本作では、まさにそんな主人公の悲喜こもごもにスポットライトを当てています。

あとがきから目を通す読者の方がいらっしゃるかもしれませんので、この場では詳細に触れませんが、国家運営という大役を背負い頑張る主人公に愛着を持っていただければ、作者として冥利に尽きる次第です。

話は変わりますが、最近ちまちまと遠出をしたりしています。

昔は出不精ここに極めりというような有様で、家で過ごすばかりでしたが、さすがにこのままではいかんと思い立ちまして。日帰りできる観光地を色々見て回ったり何だりと。

行先は神社仏閣だったりが主なのですが、そうして観光地を行き来して何より驚くのは交通網の充実ぶりですね。大抵の場所が電車で数時間も揺られれば到着するって、冷静に考えると凄いことですよね。

この移動の短縮は果たしてどこまで進むのでしょうね。最近は個人で空を飛ぶ乗り物もドンドン進歩していると聞きますし、もしかしたら自分が生きてる間に空中飛行が当たり前になるかも……いやならないかな……でもスマホとかタブレットとか、自分が子供の頃想像もしてなかったアイテムが今や当たり前のようにありますし、案外いける？　そして鉄道がそうなったように、いつか電車もノスタルジーと共に語られるようになる……かもしれません。

個人としてはそういった変化は楽しみであり、若い頃の自分が見てきた常識が移り変わることに若干の不安もあり……文明の進歩に置いていかれないよう気を引き締めたいところです。

まあ、未だにスマホ持ってないんですが。


さて、ここからはお礼と宣伝になります。

まずは担当編集の小原さん、今作も大変お世話になりました。

企画段階から始まり、プロットや本文に至るまで多くのご指摘ありがとうございます。おかげさまで作品として大きくブラッシュアップした上で読者の方々に届けることができました。

今後ともよろしくお願いします。

イラストレーターのファルまろさん、素敵なイラストありがとうございます。

作家としてはやはり自分の作品にイラストがつくのはテンションが上がるもので、今作も編集さんからイラストが送られてくるたびに諸手を挙げていた次第です。特に口絵の3枚目がね、いいですよね、はい。

また、知り合いの作家さんにも様々なご意見を頂きました。

特にあわむら赤光先生には細やかなところでアドバイスをしてもらい、感謝しきりです。

ところでそんなあわむら先生の新作、『百神百年大戦』が六月にGA文庫から発売するそうです。神と神が世界の覇権を巡って争うバトルファンタジーらしく、あらすじだけでも壮大な世界観をひしひしと感じる作品です。これはチェックするしかありませんね！

そして最後に読者の皆様へ、この本を手に取って頂き誠にありがとうございます。

毎月出版される大量の本の圧倒的な物量は、読者の方々の眼にはさながら本の洪水のように映っていることでしょう。そんな中で拙作を読んで頂けたことは本当に光栄に思います。

これからも面白い作品を執筆することに邁進しますので、どうぞよろしくお願いします。

それではまた、次の作品でお会いしましょう。

ファンレター、作品の
ご感想をお待ちしています

〈あて先〉

〒106－0032
東京都港区六本木2－4－5
SBクリエイティブ（株）
GA文庫編集部 気付

「鳥羽　徹先生」係
「ファルまろ先生」係

本書に関するご意見・ご感想は
右のQRコードよりお寄せください。

※アクセスの際や登録時に発生する通信費等はご負担ください。

https://ga.sbcr.jp/

天才王子の赤字国家再生術
～そうだ、売国しよう～
アニメ化記念限定小冊子付き特装版

発　行　　2021年12月31日 初版第一刷発行
著　者　　鳥羽 徹
発行人　　小川 淳

発行所　　SBクリエイティブ株式会社
〒106－0032
東京都港区六本木2－4－5
電話 03－5549－1201
03－5549－1167（編集）

装　丁　　冨山高延（伸童舎）

印刷・製本　中央精版印刷株式会社

ISBN978-4-8156-1374-7
Printed in Japan

GA文庫